KB197413

처음 쓰는
사람들을 위한
글쓰기 특강

⌂ 일러두기

본문 73쪽에 수록된 시 〈오직 한 사람〉은 저작권자로부터 수록 허가를 받았음을
밝힙니다. 수록을 허락해 주신 저작권자께 감사드립니다.

초보자도 쉽게 따라 할 수 있는 글쓰기 팁부터
베테랑 작가들의 글쓰기 습관까지

처음 쓰는
사람들을 위한
글쓰기 특강

유수진 지음

시원
북스

1,248시간의 글쓰기는
나를 어떻게 변화시켰는가

저는 마케터와 작가, 두 가지 일을 병행하며 살고 있습니다. 그런데 직업이 두 개라고 말하기는 어렵습니다. 두 가지 일이 얽히고설켜 떼려야 뗄 수 없는 강력한 하나의 무기가 되어버렸으니까요.

약 7년간 회사에 다니면서 에세이를 썼고, 에세이를 쓰면서 회사에 다녔습니다. 그전에는 직장인이라는 '본캐' 하나만 가지고 있었죠. 작가라는 '부캐'를 만들면서 저라는 사람의 성장에는 가속도가 붙기 시작했습니다.

그 증거 중 하나는 카카오에서 운영하는 글쓰기 플랫폼인 '브런치 스토리(이하 브런치)'에서 보내준 작가로서의 성적표입니다. 2017년 12월 브런치를 개설하고, 약 4년 만인 2022년 1월 말 구독자 상위 1%, 라이킷(좋아요) 상위 0.5% 등의 결산 리포트를 담은 작가 카드를 받았습니다. 여기서 그치지 않고 현재까지 꾸준히 글을 쓴 덕분에 7,000명에 가까운 구독자를 보유하고 누적 조회수는 220만을 돌파했습니다.

그뿐이 아닙니다. 두 권의 에세이《나답게 쓰는 날들》《아무에게도 하지 못한 말, 아무에게나 쓰다》출간, 각종 글쓰기 강연, 다양한 매체에 기고는 물론이고 회사에서 쌓은 다양한 프로젝트 경험들까지. 텅텅 비어 있던 제 포트폴리오는 마음만 먹으면 70페이지도 넘길 수 있을 정도로 화려해졌습니다. 저는 이 모든 것이 본캐와 부캐를 전략적으로 병행해온 덕분이라고 생각합니다.

그러나 눈에 보이는 결과물만 가지고 제 인생이 바뀌었다고 말하고 싶진 않습니다. 지금까지 제가 퇴근 후 평균

적으로 매주 4시간의 글을 썼다고 가정했을 때 약 1,248 시간 정도가 되는데요. 이 시간이 조금도 헛되지 않았다는 걸 느낀 건 한 면접 자리에서였습니다. 경력직 면접을 보는데, 가는 곳마다 면접관 분들이 "수진 님은 긴장이 안 되시나 봐요.", "수진 님은 대답이 참 시원시원하네요."라며 제가 자신감 넘치는 사람 같다고 말씀하셨습니다. "안 그래 보여도 긴장 많이 하고 있어요."라고 대답했지만, 사실 저는 조금도 긴장되지 않았습니다.

에세이를 쓰기 전, 그러니까 사회 초년생 시절의 저는 그와 정반대였어요. 면접관에게 평가받는 것이 두려워 실력 발휘를 제대로 하지 못하고 면접장을 나서는 경우가 허다했거든요. 물론 경력직은 경험도 많고, 그동안 쌓아온 포트폴리오도 있으니 사회 초년생보다 면접을 잘 볼 수도 있겠지요. 하지만 과연 경력만으로 진짜 자신감이 생길 수 있을까요? '경력직인데 이것도 모르냐고 핀잔을 주면 어쩌지?' 하며 사회 초년생 때와 다를 바 없이 초긴장 상태로 면접을 봤을 수도 있습니다. 제 변화가 어디에서 비롯되었는지 다른 사람들은 몰라도 저는 알고 있습니다. 에세이를 쓰면서 나라는 사람을 보다 잘 알게 되었기 때문이라는 것을요.

에세이를 쓴 시간은 곧 나와 대화를 나눈 시간입니다. 이 시간 동안 저는 제가 무엇을 까무러치게 좋아하고, 무엇을 참을 수 없이 싫어하는지 그 누구보다 잘 알게 되었습니다. 무언가를 잘 알 때 우리에게 무엇이 생겨나던가요? 바로 자신감입니다. 나를 잘 알기에 면접에서 어떤 질문을 받아도 자신감 있게 대답할 수 있었고, 면접이 평가를 받기만 하는 자리가 아니라, 나도 회사를 평가하는 자리라는 생각으로 자신감 있게 임할 수 있었던 겁니다.

2023년 통계청 자료에 따르면 우리나라의 비정규직 근로자는 812만 명, 정규직 근로자는 1,383만 명이라고 합니다. 총 2,195만 명이 직장에 다니면서 급료를 받아 생활하고 있는데, 저 역시 그중 한 명이죠. 하루 24시간 중 대다수의 시간을 조직을 위해 쓰는 삶 속에서 '나'라는 사람을 매 순간 기억하며 살아가기란 쉽지 않았습니다. 나는 누구이며, 무엇을 위해 살며, 내 꿈은 무엇이고, 그 꿈을 이루기 위해 어떤 일을 해야 하는지를 생각하기엔 매일 쏟아지는 일을 감당하기에도 벅찬 하루니까요.

만약 대한민국 인구의 거의 절반에 해당하는 사람들이 저와 비슷한 고충을 겪고 있다면, 제가 글을 쓰면서 겪은 변화가 도움이 될 수도 있겠다는 생각이 들었습니다. 우리는 회사에 다니기 위해 살아가는 것이 아니라 나를 위해 살아가는 것임을 매 순간까지는 아니더라도 퇴근 후 단 1시간만이라도 느끼고 되짚어 봐야 합니다. 단단한 밑바탕을 가진 사람이 되어야 다음 날 아침, 더 건강한 마음으로 회사에 출근해 더 많이 기여할 수 있는 사람이 될 수 있으니까요.

이 책《처음 쓰는 사람들을 위한 글쓰기 특강》은 크게 세 가지 목표로 만들어졌습니다. 첫 번째, 꾸준히 글쓰는 습관을 만들 수 있도록 도와드리는 것입니다. 주변의 많은 사람들이 제게 물었습니다. 퇴근 후 글을 쓸 시간과 체력은 어디서 나오냐고요. 제 지인들은 잘 알겠지만 저는 '저질 체력'입니다. 퇴근 후에 맥주 한 잔 하자는 말이 무서울 정도로 퇴근하면 바로 집으로 달려가 눕기 바쁜 사람이죠. 그런 제가 퇴근 후 2시간씩 글을 썼습니다. 평일에 글을 쓰지 못하면 주말 아침 일찍 일어나 약속에 나가기 전 2시간씩 글을 썼습니다. 이 책은 어떻게 꾸준히 글을 쓰는 습관을 만드는지에 대한 방법을 알려드립니다. 저질 체력인 제가 할 수 있다면 여러분들도 충분히 하실 수 있습니다.

두 번째, 간결하고 쉽게 글을 잘 쓰도록 도와드리는 것입니다. 제가 쓰는 에세이는 보통 1,000~1,500자 정도로 짧습니다. 3분 이내에 읽을 수 있는 정도의 길이죠. "수진 님의 글은 짧아서 좋아요.", "수진 님은 짧은 글에 핵심을 잘 담는 것 같아요."라고 말씀해 주시는 독자분들이 계시는데요. 제가 왜 짧은 글쓰기에 최적화되어 있을까 생각해 보면 저는 에세이 작가이기도 하지만, 직장인으로서 글을 쓰는 시간이 절대적으로 많기 때문입니다.

직장인이 쓰는 글은 호흡이 짧습니다. 소설처럼 긴 호흡의 글을 쓰지 않죠. 보고서를 구구절절 장황하게 쓴다거나 핵심을 반전처럼 숨겨놓는다면 어떨까요? 누구도 그 보고서를 읽지 않을 것입니다. 회사에서는 보고서 한 장을 쓰더라도 짧고 간결하고 명확하게 작성해야 합니다. 보고서는 단 한 명이 볼 수도 있지만, 여러 사람들이 함께 보거나 이후에 기록으로 남게 될 수도 있으므로 누구나 쉽게 이해할 수 있도록 써야 합니다. 따라서 이 책은 직장인들이 회사 안팎에서 바로 활용 가능한 글을 잘 쓰는 방법을 알려드립니다. 또한 직장인으로 살면서 마주치는 작고 사소한 일들을 읽을 가치가 있는 에세이로 만드는 방법을 알려드립니다.

마지막 세 번째, 작가로서 다양한 활동을 할 수 있도록 도와드리는 것입니다. 작가는 글만 쓰는 사람이라고 생각할 수도 있지만 그렇지 않습니다. 출간은 물론이고 저처럼 강연을 하거나 기고를 할 수도 있고, 유료 콘텐츠를 발행하며 수익을 얻을 수도 있습니다. 최근에는 온라인 글쓰기 플랫폼에서 글을 쓸 수 있으니 플랫폼에서 제공하는 데이터를 활용하여 더 많은 구독자를 확보하는 전략을 모색할 수도 있죠.

저는 '글쓰기로 몇 억을 벌었다'와 같은 성과는 없습니다. 그렇다면 직장인으로 살고 있지도 않겠지요. 글쓰기로 단기간에 많은 수익을 창출하고 싶은 분이라면 제 책은 큰 도움이 안 될 수도 있습니다. 다만, 저처럼 본업을 하면서 글쓰기와 관련된 다양한 활동을 하고 싶은 분들, 책 출간을 목표로 하시는 분들께 이 책이 가장 쉽고 현실적인 도움이 될 것입니다.

글쓰기를 통해 자기만의 무기를 갖고 싶은 분들, 혼자만 보는 글이 아닌 많은 사람들에게 읽히는 글을 쓰고 싶은 분들께 저의 지난 경험과 노하우가 도움이 될 수 있기를 바랍니다. 그리고 그것이 여러분의 인생에도 긍정적인 변화의 물결을 일으키기를 바랍니다.

목차

프롤로그

1,248시간의 글쓰기는 나를 어떻게 변화시켰는가   4

1장 | 인생의 필수 과목, 글쓰기를 권합니다

서울대학교 필수 과목, 글쓰기로 배우는 소통   16

성과를 돋보이게 하는 기술, 나만의 스토리텔링   21

글쓰기로 누리는 기쁨, 소속감과 자유를 동시에   26

구독자 0명에서 브런치 스토리 상위 1% 작가가 되기까지   31

2장 | 일과 글쓰기는 시너지를 냅니다

규칙적인 생활 패턴은 글쓰는 작가의 무기   36

평범한 일상을 특별한 글로 만드는 법   40

마케터와 작가의 고민, 사람을 궁금해하는 일   46

회사에서 배운 데이터 활용법, 글쓰기에 활용하기   50

직업의 특수성을 나만의 독특한 콘텐츠로   56

3장 | 글을 잘 쓰는 사람은 어디에나 필요합니다

이 세상 모든 일은 결국 글쓰기로 판가름 난다   60

나만의 키워드, 작가로 포지셔닝 하기   65

작가 활동으로 회사와 나, 모두 윈윈하기   68

4장 | 초보자를 위한 글쓰기 기술을 소개합니다

첫 번째 기술: 시작부터 결말까지 잘 쓰는 법   72

두 번째 기술: 많은 사람이 읽는 글 쓰는 법   109

세 번째 기술: 눈에 띄는 매력적인 제목 짓는 법   118

5장 | 베테랑 작가는 태도로 만들어집니다

첫 번째 태도: 글쓰기 빌런이 되지 말자   128

두 번째 태도: 배움을 멈추지 않는 사람이 되자   135

세 번째 태도: 시간이 없다는 거짓말은 하지 말자   139

네 번째 태도: 기록하고 싶은 게 많은 사람이 되자   143

다섯 번째 태도: 프로답게 일하고 프로답게 글쓰자   150

6장 | 글쓰기는 돈이 됩니다

내 책을 서점에서 만나고 싶다면, 출간   156
전문적인 글쓰기가 가능하다면, 기고   165
정기적인 수익을 얻고 싶다면, 유료 콘텐츠 채널 운영   173
온전한 나의 채널을 갖고 싶다면, 뉴스레터 운영   178
스피치에 자신 있다면, 글쓰기 강연   187
다양한 사람들과 이야기 나누고 싶다면, 글쓰기 모임   193

7장 | 초보 작가를 위한 Q&A

첫 번째 질문: 기회가 오지 않을 때는 어떻게 하나요?   200
두 번째 질문: 셀프 브랜딩은 어떻게 하나요?   204
세 번째 질문: 글을 도용 당하면 어떻게 하나요?   209
네 번째 질문: 글이 안 써질 땐 어떻게 하나요?   214
다섯 번째 질문: 글쓰기 번아웃은 어떻게 극복하나요?   218

에필로그
언젠가 피어날 기회의 씨앗이 될 글쓰기   224

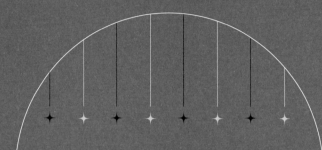

1장

인생의 필수 과목,
글쓰기를 권합니다

서울대학교 필수 과목,
글쓰기로 배우는 소통

서울대학교 신입생이라면 필수로 배우는 과목이 있습니다. 바로 '대학 글쓰기'인데요. 이 수업을 맡고 있는 나민애 교수는 해당 수업을 통해 학생들이 '소통의 방식'을 배운다고 말합니다. 그렇다면 소통 방식은 어떻게 배울까요? 글을 읽는 것과 쓰는 것입니다. 저는 서울대학교 학생은 아니기 때문에 이 수업에서 정확히 무엇을 배우는지는 알 수 없습니다. 다만 나민애 교수가 말한 세 가지 훈련법은 책 한 권도 못 읽던 제가 출간 작가가 될 수 있었던 방법과 매우 흡사했습니다.

첫 번째 훈련법은 '무엇이 중요한지 스스로 생각하는 훈련'입니다. 학창 시절, 우리는 주로 선생님께서 시험에 꼭 나온다고 말씀하신 부분을 중점적으로 공부하며 자라왔습니다. 그 문제가 왜 중요한지, 어떤 의도로 만들어진 문제인지 깊이 생각해 보지도 않고 정답만 달달 외우면서 말이죠.

그래서일까요? 저는 성인이 된 이후 교과서가 아닌 단행본을 읽을 때 어떤 문장에 밑줄을 그어야 할지 몰라 당황스러웠습니다. 깨끗한 책에 낙서를 하는 것이 부담스럽기도 했지만 '정말 이게 중요한 부분일까?' 하는 의심이 들었거든요.

그런데 신기하게도 한 권 한 권 읽은 책이 쌓여갈수록 밑줄을 긋고 싶은 부분이 늘어났습니다. 독서를 통해 작가와 수많은 대화를 나누면서 나름의 안목과 식견이 쌓였기 때문입니다. 밑줄 그은 부분이 실제로 중요한지 아닌지의 문제는 아니었습니다. 독서는 남들이 생각하는 중요도나 정답을 맞히는 것이 아니라, 스스로 무엇이 중요하다고 생각하는지 알아가는 과정이니까요.

두 번째 훈련법은 '주어진 텍스트 속에서 읽어낼 자료를 선택하는 훈련'입니다. 부끄럽지만 저는 수능 시험에서 국어를 5등급 받았는데요. 너무 많은 텍스트가 한꺼번에 눈에 들어오면 글 속에서 길을 잃고 헤매다 결국 포기해버렸기 때문입니다. 선생님은 모든 문제를 하나하나 꼼꼼히 읽으려고 하지 말고 핵심을 찾으라고 말씀하셨지만, 당시에는 '서울에서 김 서방을 찾으라'는 말처럼 들렸습니다.

과거에는 정보가 부족해서 문제였다면, 현재 우리는 너무나 많은 정보에 파묻혀 살고 있습니다. 따라서 이제는 수많은 정보 속에서 내가 취할 정보를 선별해내는 능력이 그 어느 때보다 중요해졌죠. 그렇다면 유용한 정보만 쏙쏙 선별해내는 기술은 어떻게 터득할 수 있을까요? 방법은 꾸준한 훈련입니다. 저는 성인이 된 이후 여러 권의 책을 읽고 글을 쓰면서 자연스럽게 글의 핵심을 찾아내는 속도도 빨라졌는데요. 그때 깨달았습니다. 연습만 한다면 서울에서 김 서방을 찾을 수도 있다는 것을요. 만약 제가 학창 시절에 비문학 독해 문제를 포기하지 않고 꾸준히 연습했다면 국어 5등급을 받지는 않았을 텐데 아쉬운 마음이 듭니다.

마지막 훈련법은 '논리를 펼치는 글쓰기와 토론'입니다. 누구나 글을 쓸 수는 있지만, 논리적이고 완결성 높은 글은 아무나 쓰지 못하죠. 저 역시 에세이를 쓰던 초반의 글을 보면 쥐구멍에 숨고 싶을 만큼 허점도 많고 엉망이었습니다. 그런데 그 허점을 계속해서 고치고, 여러 사람들의 피드백을 받으며 보완하다 보니 어느덧 완성도 높은 글을 쓰는 데 걸리는 시간도 점점 줄어들었습니다. 그렇게 오랜 훈련을 통해 얻은 결과로 이 책까지 세 권의 책을 출간하게 되었죠.

또한 주말마다 글쓰기 모임에 나가 다양한 분야의 사람들과 이야기를 나누기도 했습니다. 이를 통해 평소 가족이나 친구들과 나누는 일상적인 대화의 차원을 넘어 하나의 주제를 가지고 깊이 있게, 그리고 성숙하게 토론하는 문화를 경험할 수 있었는데요. 사실 학교에 다닐 때엔 그렇게나 피하고 싶었던 일이었는데, 사회에 나와 보니 나와 다른 관점과 시선을 가진 상대방의 입장을 고려하여 내 의견을 논리적으로 펼치는 것이 얼마나 중요한 일인지 뼈저리게 느끼게 되었습니다.

저는 서울대학교뿐만 아니라 인생에도 필수 과목이 있다면 단연 '글쓰기'를 꼽습니다. 무엇이 중요한지 스스로 생각하고, 핵심을 선별하고, 내 생각을 논리적으로 펼칠 수 있을 때 비로소 제대로, 원활하게 소통할 수 있기 때문입니다. 소통은 단순 암기나 벼락치기로는 불가능합니다. 오직 오랜 훈련으로만 가능하기에 우리는 바로 오늘부터 글쓰기를 시작해야 합니다.

성과를 돋보이게 하는 기술,
나만의 스토리텔링

회사에서 성과를 어필할 때에는 '수치'로 나타내야 합니다. '1분기에 진행한 ○○ 업무를 통해 매출이 크게 성장했다'가 아니라 '200% 성장', '300% 성장'과 같이 명확한 수치로 표현해야 하죠. 그런데 수치만 정확하게 쓰면 성과가 잘 어필이 될까요? 그렇지 않습니다. 200%, 300%라는 숫자가 어떤 의미를 갖고 있는지에 대한 설명이 필요합니다. 예를 들어, 경쟁사는 150% 성장했는데 우리는 300% 성장했다든지 혹은 갑자기 팀원이 줄어든 위기 상황에도 불구하고 200% 성장을 만들어냈다든지 어필하고자 하는 숫자에 스토리텔링이 가미되어야 성과의 의미가 돋보이게 됩니다.

회사 면접을 볼 때도 스토리텔링은 중요한 역할을 합니다. 경력직 면접에서 빠지지 않고 나오는 질문 중 하나가 '왜 이직을 하려고 하는가?'인데요. 이 질문이 '더 많은 연봉을 받기 위해서'라는 당연한 답변을 받으려고 던진 질문은 아닐 겁니다. 현재 직장에서 겪는 인간관계 문제나 조직 문화에 대한 불만 등의 부정적인 답변도 당연히 도움이 되지 않겠죠.

다음은 제가 비영리 교육 기관에서 마케터로 일하다가 스타트업으로 이직하고자 면접을 봤을 때, 면접관과 나누었던 대화를 재구상한 내용입니다. 아마 이 책을 보는 독자분들께서도 면접에서 흔히 들어보셨을 질문들인데요. 면접관의 질문에 제가 어떻게 대답했는지를 중점적으로 봐주시기 바랍니다.

면접관 자기소개를 해 주세요.

유수진 저는 비영리 기관의 1인 마케터로서 조직 내 모든 사업의 PR·마케팅 업무를 담당하며 ○○부터 ○○까지 다양한 일들을 경험했습니다. 특히 ○○ 업무의 경우 ○○한 성과를 만들어….

면접관 (다양한 업무를 했고 성과도 괜찮았나 보군.)

면접관 그런데 왜 이직을 하려고 하시나요?

유수진 앞으로 마케터로서 계속 커리어를 성장시키기 위해서는 비영리 기관이 아닌 영리를 추구하는 회사에서 마케팅을 경험해 봐야 한다고 생각했습니다.

면접관 (전 회사에 대한 불만 때문이 아니라 이직을 하고자 하는 명확한 이유가 있군.)

면접관 왜 저희 회사에 지원하셨나요?

유수진 많은 사람들의 ○○한 니즈를 해결해 주는 앱을 기반으로 앱 마케팅을 경험해 보고 싶었고, 성장욕이 높은 저로서는 ○○ 분야 1위이자 신규 서비스를 지속적으로 출시하는 이 회사에서 열정적으로 일해보고 싶어 지원했습니다.

면접관 (왜 수많은 회사 중에서 우리 회사를 선택했는지 알겠군.)

> **면접관** 왜 수진 님을 뽑아야 할까요?
>
> **유수진** 비록 앱 마케팅 경험은 없지만, 비영리 기관에서 1인 마케터로서 A부터 Z까지 일한 지난 저의 경험은 빠르게 변화하고 성장하는 스타트업과 잘 맞을 거라고 생각합니다. 저는 일을 기다리지 않고 찾아서 하는 편이고, 속도도 빠릅니다.
>
> **면접관** (앱 마케팅 경험이 없는 건 좀 아쉽지만, 금방 배우고 적응하고 혼자서도 알아서 잘하겠군.)

면접 경험이 별로 없을 때는 '왜 이직하려고 하는가'에 대한 질문에 위와 같이 답변을 하지 못했습니다. '새로운 경험을 해보고 싶어서', '성장하고 싶어서'와 같이 추상적인 답변을 하거나, 얼버무리며 회피하기도 했죠. 하지만 답변을 계속 회피하면 좋은 면접 결과를 얻을 수 없기 때문에 저는 저만의 스토리를 만들었습니다. 그러자 놀라운 변화가 찾아왔습니다. 오히려 이 질문이 기다려지는 마법이 찾아왔습니다. 세상에서 가장 어렵게 느껴졌던 질문이 논리적으로 대화가 잘 통한다는 이미지를 심어줄 수 있는 가장 좋은 기회가 되었으니까요.

스토리텔링을 하기 전에는 스스로도 내가 왜 이직을 하려고 하는지 잘 몰랐던 것 같아요. 어떻게 설명해야 할지 몰라 연봉만 앞세웠던 것일지도 모르죠. 어쩌면 커리어를 넘어, 인생의 큰 그림을 바라볼 때도 마찬가지 아닐까요? 내가 만나는 사람, 내가 살고 있는 지역, 내가 즐기는 취미, 내가 좋아하는 여행지 등 인생의 모든 것들은 저절로 그 자리에 있었던 것이 아니라 나로 인해 만들어진 '이야기'라는 것. 먼 훗날, 인생을 되돌아봤을 때 그것을 아는 사람만이 인생의 의미를 더 진하게 느낄 수 있을 것입니다.

스토리텔링은 글쓰기의 근간입니다. 글을 잘 쓰는 사람은 논리적으로 생각하고, 그 생각을 구조화해서 독자의 입장에서 이해하기 쉬운 방법으로 글을 씁니다. 아리스토텔레스의 스승인 플라톤의 말처럼 "스토리를 말하는 사람이 사회를 지배"할 것이기에, 스토리텔링은 자신의 성과를 돋보이게 하고 커리어를 탄탄하게 만들기 위해 꼭 필요한 기술입니다.

글쓰기로 누리는 기쁨,
소속감과 자유를 동시에

"브런치 작가 활동 하지 마세요."

예전에 다녔던 회사에 처음 출근한 날, 창업자분으로부터 들은 말입니다. 그는 자신도 국문학과를 나와서 안다며, 영화 〈기생충〉은 딱 한 번 전 세계적으로 관심을 받고 끝났지만 아이폰은 10년이 넘도록 큰 사랑을 받고 있지 않냐는 말과 함께, 글을 쓰는 것보다는 IT 분야에 더 힘을 쏟았으면 좋겠다고 말했습니다. 한 마디로, 외부 활동보다는 회사 일에 집중하라는 것이죠.

저는 그 회사에 첫 출근한 날 퇴사를 결정했습니다. 그 한 마디 때문만은 아니었지만, 그 한 마디만으로도 퇴사를 결심하기엔 충분했어요. 이미 이력서나 면접에서 저의 작가 활동에 대해 밝혔고, "저희 회사에서는 작가 활동을 금합니다."라는 말을 들어본 적이 없었거든요. 그 회사에 입사하기까지 걸린 시간과 놓친 기회에 대해 보상을 받아도 모자랄 지경이었지만, 단 하루라도 더 그 회사에 출근하지 않은 것만으로도 다행이라고 생각하고 있습니다.

제가 거쳐온 모든 회사의 대표님들은 제가 작가 활동을 하는 것을 알고 계셨습니다. 책을 출간했다는 소식에, 책을 구매해 회사에 여러 권 비치까지 해주셨죠. 물론 모든 회사가 외부 작가 활동을 긍정적으로 바라보진 않겠지만, 개인적으로는 이러한 활동을 긍정적으로 바라봐주는 회사가 조직 문화나 업무 분위기 등이 잘 맞았던 것 같습니다. 저는 퇴근 후 작가 활동을 겸할 수 있을 때 일의 에너지가 더 높아지는 사람이니까요.

가끔 직장 생활이 너무 지칠 때, 직장을 그만두고 전업 작가로 살아 보면 어떨까 하는 상상을 해봤어요. 아침에 일어나서 가볍게 운동을 하고, 여유롭게 식사를 한 다음, 글을 쓰고 싶은 만큼 쓰다가, 오후에 나른해지면 카페에 가서 커피 한잔하고, 저녁에는 새로운 무언가를 배워보는 그런 삶이요. 물론 전업 작가라고 해서 그렇게 여유로운 삶이 가능해지는 건 아닙니다. 하지만 출퇴근을 하는 데 쓰는 시간과 불필요한 체력 소모와 인간관계에서 오는 스트레스를 줄일 수 있으니 글쓰기에 전념할 수 있는 에너지가 더 많아질 수도 있겠죠.

전업 작가까지는 아니지만 약 10개월간 한 회사의 창업 멤버로 비교적 자유롭게 일하면서 작가 활동을 겸한 적이 있었어요. 상상했던 삶이 펼쳐질 줄 알았건만 현실은 달랐습니다. 일정하지 않은 월급, 불안정한 소속, 같이 호흡할 동료가 없다는 외로움, 원룸에서 혼자 일하는 고립감이 밤이고 낮이고 저를 찾아와 괴롭혔거든요. 일이 안정적이지 않으니 퇴근 후에도 글이 잘 써질 리 만무했죠. 결국 저는 일도, 글도 잘 해내지 못하고 있다는 생각에 다시 회사로

돌아가기로 결심했습니다.

　이런 사람이 비단 저뿐만은 아닌 듯합니다. 유튜브 구독자 약 67만 명을 보유한 크리에이터 '김짠부' 님은 본인의 개인 유튜브 계정을 운영하다가 한 회사의 미디어 팀에 입사했다고 합니다. 이미 남들이 부러워할 만큼 유튜버로서 큰 성공을 이루었지만, 그 행복은 2년을 채 지나지 못했다고 하는데요. 내가 잘하고 있는지 함께 체크해 줄 동료가 없고, 일이 크게 성공해도 함께 축하해 줄 팀이 없다 보니 삶의 만족도는 점점 떨어지고 번아웃이 온 거죠. 감히 예상해 보건대, 회사에 입사한 후 김짠부 님은 크리에이터로서도 더 크게 성장할 수 있을 거라고 생각합니다.

　요즘은 '1인 사업가', '크리에이터'로 밥벌이를 하는 사람들이 늘고 있고, 꼭 조직 안에서만 일을 할 필요는 없습니다. 하지만 그것이 곧 조직 밖에 나가면 행복이 펼쳐진다는 뜻은 아닙니다. 각자에게 맞는 최고의 환경은 다르겠지만, 저에게 가장 잘 맞는 환경은 직장 생활과 외부 작가 활동을 겸할 수 있는 지금입니다. 직장에서 얻을 수 있는 소속감과 외부 작가 활동에서 얻을 수 있는 자유를 모두 가질 수 있다는 것은 저에겐 더없이 큰 행복입니다. 여러분은 어떠신가요?

구독자 0명에서 브런치 스토리
상위 1% 작가가 되기까지

2017년 12월, 브런치를 개설하고 친한 지인 두 세명 정도에게만 주소를 알려줬습니다. 어떤 글을 써야 할지도 감이 잡히지 않았고, 썼다 지웠다를 반복하다 겨우 일주일 만에 한 편의 글을 발행했죠. 초반에는 글을 써서 발행하면 보통 제 지인들만 '좋아요'를 눌러 주었고, 조회수는 많이 나와 봐야 겨우 두 자릿수 정도였습니다. 지인들이 보고 있다는 생각을 하면 쑥스럽기도 했지만, 글을 쓰는 것을 멈추지는 않았습니다. 그저 내 속마음을 어딘가에 쓰는 것만으로도 재미있고 스트레스가 풀리는 기분이 들었거든요.

그러다 2018년 4월, 〈결혼식에 갔다가 또 울어버렸다〉라는 글이 포털 사이트 '다음'의 메인 페이지에 노출되면서 처음으로 일일 조회수가 네 자릿수를 넘었습니다. 그 후부터 어떤 글을 써야 독자들로부터 많은 반응을 불러일으키는지 조금씩 힌트를 얻었고, 글을 발행하는 족족 브런치 팀에서 여러 지면에 노출을 해주셨습니다.

브런치에 글을 쓰기 위해서는 우선 작가 신청을 해야 합니다. 작가 신청서에는 작가 소개, 발행하고자 하는 글의 주제나 대략의 목차, 자신이 작성한 글, 그리고 운영하고 있는 SNS 계정이 있다면 SNS 주소를 담아야 합니다. 즉, 어느 정도의 글쓰기 실력과 자기만의 주제가 있는 사람이 브런치 작가로 활동할 수 있습니다.

회원가입만 하면 누구나 글을 쓸 수 있는 블로그에 익숙했던지라 브런치의 콧대가 너무 높은 것이 아닌가 하는 생각도 들었습니다. 하지만 지금 생각해 보면 이러한 허들이 있기 때문에 양질의 글이 쌓이고, 작가로서 이곳만큼 좋은 글쓰기 무대도 없다는 생각이 듭니다.

까다로운 심사 과정을 거쳐 어렵게 브런치 작가가 되어도, 글 몇 편을 발행하다 멈추는 사람들이 많습니다. 구독자의 피드백이 있어야 작가도 신이 나기 마련인데, 초반에는 피드백이 활발하게 오가기 어렵기 때문입니다. 그래서 무엇보다 중요한 것은 꾸준함입니다. 제가 구독자 0명에서 구독자 상위 1% 작가가 될 수 있었던 요인 중 하나만 꼽으라면 저는 꾸준함을 꼽습니다. 아무리 글을 잘 써도, 아무리 독보적인 주제의 글을 써도, 한 편의 글을 쓰고 끝내면 구독자를 늘리기가 어렵습니다. 지속적인 작가 활동이 이어져야 구독자도 작가를 신뢰하고 팬이 되기 때문이죠.

2021년 8월 24일, 저의 구독자 수는 3,000명이었습니다. 그리고 약 1년 후 구독자 수는 6,745명이 되었습니다. 2017년에 브런치를 개설하고 3년 8개월간 모은 구독자 수보다 더 많은 구독자를 약 1년 만에 확보한 셈입니다. 즉, 작가가 된 초반에는 구독자를 모으는 데 더 많은 시간이 필요하다는 결론이 나옵니다. 구독자가 늘지 않는다는 이유로 쉽게 포기하지 말고, 꾸준히 글을 써서 발행하다 보면 구독자가 급격하게 느는 시기가 찾아옵니다. 물론 그 시기가 찾아올 때까지 자기만의 주제를 찾고, 사람들이 어느 부분에서 많이 반응하는지 두 눈 크게 뜨고 관찰해야 합니다.

브런치는 초보 작가가 나만의 콘텐츠를 쌓고 자신을 PR하는 데 적합한 플랫폼입니다. 2024년 4월 기준 브런치에 등록된 작가는 7만 명이고, 이는 최근 2년 동안 40% 증가한 수치라고 합니다. 이 중 브런치를 이용해 책을 출간한 작가는 4,300여 명이며 출간된 책은 7,600여 권에 이릅니다. 제가 브런치를 처음 개설할 때, 이 숫자에 포함될 거라곤 생각지도 못했는데 말이죠.

아직 브런치 작가가 아니라면 도전해 보세요. 심사에서 떨어져도 글을 수정해서 다시 도전해 보세요. 작가가 되는 가장 쉬운 첫걸음입니다. 브런치 작가이지만 글을 발행하고 있지 않다면 주 1회 발행을 목표로 글을 써보세요. 주 1회 글을 쓸 의지가 있다면 누구나 작가가 될 수 있습니다.

2장

일과 글쓰기는
시너지를 냅니다

규칙적인 생활 패턴은
글쓰는 작가의 무기

일본의 소설가 무라카미 하루키는 규칙적인 생활 습관을 가진 것으로 유명합니다. 매일 새벽 4시에 일어나 5~6시간 동안 글을 쓰고 오후에는 10킬로미터 달리기 혹은 1,500미터 수영을 한다고 하죠. 영감이 떠오를 때마다 글을 쓰거나 마감일을 정해 밤을 새워가며 글을 쓰는 사람들도 있겠지만, 지속적으로 글을 쓰기 위해서는 무라카미 하루키처럼 규칙적인 생활 패턴이 필요합니다.

직장인의 가장 큰 장점은 일하는 시간이 어느 정도 정

해져 있다는 것이죠. 저의 경우, 아침 10시에 출근해서 저녁 7시에 퇴근했기 때문에 밤 9시부터 11시까지 2시간 정도 글 쓰는 시간을 확보할 수 있었습니다. 출퇴근길에는 지하철에서 책을 읽으며 저녁에 쓸 글감을 미리 수집해 두었죠. 즉, 회사에 다니면서 규칙적인 생활 패턴을 갖고 있다는 것만으로도 작가로서 꾸준히 글을 쓸 수 있는 환경이 이미 갖춰진 셈입니다.

많은 구독자와 팬을 보유하기 위해서는 지속적인 발행을 통해 나라는 작가가 잊히지 않게끔 만드는 것이 중요합니다. 이 글을 쓰고 있는 2024년 10월 기준으로, 최근 1년간 쓴 글을 결산해 보니 총 52편이었습니다. 매주 한 편의 글을 발행했다는 뜻입니다. 만약 불규칙적인 생활 패턴을 갖고 있었다면 꾸준히 글을 쓰기가 더 어려웠겠죠.

저는 작가를 '지금 글을 쓰고 있는 사람'으로 정의합니다. 작가가 되고자 하시는 분들께 단기간에, 한꺼번에 몰아치는 방식보다는 규칙적인 생활 패턴을 활용하여 꾸준히 글을 쓰는 것을 추천하는 이유죠. 퇴근 후 피곤한 몸을 이끌고 글을 쓰기가 너무 힘들다면, 무라카미 하루키처럼 꾸준히 운동함으로써 집필 활동에 활력을 불어넣는 것도 좋은 방법입니다. 몸을 움직일수록 창의적인 아이디어가 샘솟으니까요.

저는 주말마다 뒷산을 오르며 아이디어를 얻고 있습니다. 매주 똑같은 산, 똑같은 코스를 걷는 모습이 지루하게 비칠 수도 있겠지만, 의외로 큰 변화가 없는 환경에서 걷는 일은 영감을 얻는 데 도움을 줍니다. 여행과 같이 새로운 환경과 새로운 자극을 느낄 수 있는 곳에서 걸을 때는 '반짝이는 영감'을 얻는 반면, 익숙한 환경에서 걸을 때는 '숙성된 영감'을 얻거든요.

누구나 생각을 하며 살지만 생각의 깊이는 사람마다 다릅니다. 그 깊이의 차이는 걷기에서 비롯된다고 믿습니다. 바쁜 일상을 살다 보면 수많은 생각들이 떠오르기만 하고 도저히 풀어낼 여유가 없잖아요. 그래서 우리는 어떻게든 걷는 여유를 만들어야 합니다. 엉켜 있던 실타래가 풀리듯, 땅에 한 발씩 발을 디딜 때마다 꼬여 있던 생각들이 풀리면서 비로소 자기만의 답을 얻게 되니까요.

행복은 강도가 아니라 빈도라는 말이 있듯이, 강도 높은 글쓰기나 강도 높은 운동보다는 꾸준함으로 행복한 집필 활동을 하시기 바랍니다.

평범한 일상을
특별한 글로 만드는 법

앱 이용성 및 마켓 분석 데이터 등을 제공하는 플랫폼 모바일 인덱스에 따르면, 브런치 사용자 중 직장인이 52.2%, 사회초년생이 8.5%입니다. 실제로 제 글의 조회수도 10위권 중 절반이 사회 초년생 때 쓴 회사 관련 글입니다.

조회수 9.5만을 기록하고 있는 〈다시는 그렇게 퇴사하지 말아야지〉라는 글은 첫 회사에서 퇴사하면서 겪은 에피소드를 담은 에세이입니다. 성숙하지 못했던 퇴사 과정과 그 과정에서 본 다소 아쉬웠던 팀장님의 태도에 대해 솔직하게 쓴 글입니다. 그중 일부를 소개하겠습니다.

첫 회사에서 퇴사한다고 말했을 때, 팀장님은 한 번 더 생각할 기회를 주겠다고 하셨지만, 결정이 바뀌지는 않을 것 같다고 말씀드렸더니 팀장님은 나에게 실망스럽다고 말했다. 내 발로 들어간 회사에서 내 발로 나가겠다는데 뭐가 실망스럽다는 건지 처음엔 이해하기 어려웠다. 내가 퇴사한다고 말하기 전까지 늘 같이 웃고 떠들던 팀장님은 그 후로 나를 알은 체도 하지 않았고, 내가 업무적으로 말을 걸면 차갑게 '네', '아니오'로만 대답했다. 화장실에 가다 마주치기라도 하면 따가운 눈초리에 얼굴이 타들어갈 것 같았다. 그렇게 고문과도 같은 한 달의 시간을 버텨내면서 회사에 입사하기도 힘들지만 퇴사하기도 참 힘든 거구나, 라고 생각했다. 형벌과도 같았던 한 달이 끝날 무렵, 팀장님은 미안하셨는지 나를 따로 불러서 속마음을 털어놓았다.
"한 마디 상의도 없이 퇴사한다고 하니까 배신감이 들었어."

–유수진, 〈다시는 그렇게 퇴사하지 말아야지〉 중에서

조회수도 조회수이지만 이 글에 독자분들이 남겨 주신 '누가 제 이야기를 적어둔 줄 알았어요', '이 글을 안 읽었다면 계속 똑같은 생각으로 퇴사를 할 뻔했네요' 같은 댓글들을 보며 직장인은 직장인의 글에 공감한다는 걸 느낄 수 있었습니다. 민감한 주제이다 보니 다소 격한 반응의 댓글도 있었지만, 그 또한 저의 퇴사 이야기가 다른 직장인들에게 관심을 불러일으켰다는 증거이기에 기분이 나쁘지만은 않았습니다.

브런치는 작품들을 키워드별로 분류해서 보여주기도 하는데요. '직장인 현실 조언'이나 '스타트업 경험담' 같은 키워드가 있습니다. 해당 키워드를 선택해 몇 편만 훑어보아도 거기서 거기일 것만 같은 회사 생활이 얼마나 개성 있고 독특한 에세이로 탄생하는지 확인할 수 있습니다. 흔한 이야기를 뻔하게 쓰지 않는 방법은 뒤에서 더 자세하게 다뤄보겠습니다.

아직 사회 생활이 서툴던 20대 사회 초년생 시절, 회사에서 실수했던 에피소드나 코로나 시기에 재택근무를 하면서 겪은 경험도 많은 분들께 공감을 얻었습니다. 〈출퇴근 왕복 3시간을 줄인 효과〉는 재택근무에 돌입한 뒤, 출퇴근하는 데 썼던 3시간을 생산적인 일에 쓰면서 얻은 효과에 대해 쓴 글로, 조회수 3.2만을 기록했습니다.

출퇴근 시간에 소요되던 약 3시간을 얻게 되면서 일상에 큰 변화가 찾아왔다. 매일 아침 7시 알람 소리에 힘겹게 눈을 뜨던 내가 이젠 아침 9시에 자연스럽게 눈을 뜬다. 일어나자마자 몸에 물을 뿌리기보다는 천천히 스트레칭을 하고 편안한 상태에서 아침밥을 먹는다. 점심시간을 이용해 집 뒤에 있는 산을 오르고, 저녁에는 하천을 따라 걷는다. 여전히 에너지는 충만해서 저녁 시간을 이용해 글을 쓰거나 새로운 분야를 공부하는 데 힘을 쏟는다. 집에서 할 수 있는 재미있는 일거리가 없는지 계속해서 정보를 탐색하고, 내가 도전할 수 있는 것이 있다면 가급적 모든 것에 도전한다.

출퇴근길에 3시간을 썼다면 꿈도 꾸지 못했을 올해의 버킷리스트도 이뤘다. 자그마치 3년 동안 노트에만 써놓고 끙끙 앓고 있던 버킷리스트를 이룬 원동력은 무엇이었을까. 어딘가에 새어 나가고 있던 에너지를 모은 덕분이었다. 하루에 3시간, 한 달이면 60시간, 1년이면 720시간. 나의 경험에 따르면, 출퇴근 시간이 왕복 80분 이상 걸리면 꿈꿀 수 있는 꿈의 크기가 작아질 확률이 높다. 지옥철을 타고 1시간 반을 달려 퇴근하는 나였다면 '아 몰라 몰라, 귀찮아. 내가 힘들어 죽겠는데 버킷리스트가 중요해?'라고 생각했을 테니까. 하루에 3시간은 사람을 이토록 변화시킨다.

—유수진, 〈출퇴근 왕복 3시간을 줄인 효과〉 중에서

2022년 방영된 KBS 드라마 〈나의 해방일지〉의 주인공들은 가상 지역인 경기도 산포에 살면서 마을버스를 타고, 지하철을 타고, 서울로 출근을 합니다. 퇴근할 때는 그야말로 녹초가 되어버리는데요. 서울로 출퇴근을 하는 경기도민이라면 이 드라마를 보며 크게 공감하셨으리라 생각합니다. 저는 왠지 모르게 드라마 속 주인공의 퇴근을 응원(?)하고 싶은 마음이 생기더군요.

마찬가지로 제 글도 서울로 출퇴근을 하시는 경기도민들에게 공감을 불러일으키고, 서로를 응원하고 싶은 마음을 불러일으켰던 게 아닐까 싶습니다. 이처럼 회사에서 겪은 경험이나 출퇴근을 하면서 생긴 에피소드들을 에세이로 써 보세요. 평소 본인이 직장인으로서 어떻게 성장하고 있는지를 기록해도 좋고, 인간관계에 대한 고민을 풀어봐도 좋습니다. 너무 일상적일까봐, 너무 흔한 소재일까봐 걱정하지 않아도 괜찮습니다. 저 역시 직장인이지만, 다른 직장인 분들은 또 어떤 직장 생활을 하면서 살아가고 계실지 궁금하답니다.

마케터와 작가의 고민,
사람을 궁금해하는 일

저는 마케터로 일하고 있습니다. 이 책을 읽는 분들 중에는 마케터가 아닌 분들이 더 많겠지만, 제가 마케터로 일하면서 고민한 것들을 작가 활동에 어떻게 적용했는지 어렵지 않게 공감하고 이해할 수 있을 것이라고 생각합니다.

마케터로서 제가 가장 많이 한 고민은 '어떻게 하면 우리 서비스를 더 많은 사람들이 사용하게 할 수 있을까?'였습니다. 작가로서 글을 쓰면서 가장 많이 한 고민도 '어떻게 하면 더 많은 사람들이 내 글을 읽게 만들 수 있을까?'였죠.

마케터의 고민과 작가의 고민은 크게 다르지 않았습니다.

서비스는 고객들이 사용하지 않으면 존재할 이유가 없고, 글도 읽어줄 독자가 없으면 서랍 속 일기에 불과합니다. 우리 서비스가 필요한 사람들이 우리 서비스를 인지하여 사용할 수 있도록 하고, 내 글을 통해 누군가가 감동하고 자극을 느끼도록 만드는 것이 마케터이자 작가인 저의 역할입니다.

고민이 크게 다르지 않다면 답도 크게 다르지 않을 것입니다. 마케팅과 글쓰기는 모두 사람의 마음을 움직이는 일이니까요. 마케터는 고객의 마음을 알기 위해 끈질긴 질문을 던지고, 작가 역시 독자의 마음을 알기 위해 끝없이 질문합니다. 마케터와 작가만큼 사람의 마음을 궁금해하는 직업이 또 있을까요? 사람을 궁금해하지 않고서는 결코 계속할 수 없는 일들입니다.

'왜 사람들이 내 글을 읽지 않을까?'라는 의문이 든다면, 마케터의 시선으로 작가의 일을 바라보는 연습이 필요합니다. 마케터는 다양한 데이터를 마주하는데요. 저는 앱 기반의 회사에서 앱 푸시를 기획하고 발송하는 업무를 맡았습니다. 마케터의 입장에서 푸시 메시지는 한정된 글자 수 안에서 얼마나 더 많은 사람들의 클릭을 유도할 것인가의 싸움입니다. 하지만 어떤 메시지를 써야 사람들이 더 많이 클릭할지 혼자서는 판단할 수 없죠. 이럴 때는 두 가지 옵션을 비교하여 어느 것이 더 효과적인지를 판단하는 A/B 테스트가 필요합니다.

예를 들어, 우리 회사 서비스를 일주일간 30% 할인하는 프로모션 이벤트가 진행된다고 가정해 봅시다. 한 팀원은 '유수진 님, 30% 할인 프로모션 정보를 확인하세요'와 같이 수신자의 이름을 넣는 것이 더 효과적일 것이라는 의견을 냈고, 또 다른 팀원은 '이번에 놓치면 다시 오지 않을 30% 할인 프로모션 정보를 확인하세요'와 같이 유혹적인 문구를 넣자는 의견을 냈습니다.

어떤 메시지가 더 효과적일지 알 수 없다면 다음과 같은 방법을 써볼 수 있는데요. 전체 발송 대상자가 1,000명이라면 이 중 100명을 대상으로 먼저 실험적으로 발송을 해

보는 겁니다. 100명 중 50명에게는 전자의 메시지를, 나머지 50명에게는 후자의 메시지를 보내는 거죠. 결과적으로 더 반응률이 높은 메시지로 나머지 900명에게 발송한다면 데이터에 근거한 효과적인 마케팅 성과를 만들 수 있습니다.

마케터의 데이터적인 사고가 작가 활동에는 어떤 도움을 줄 수 있을까요? 좀 더 자세한 이야기는 다음 글에서 다뤄보도록 하겠습니다.

회사에서 배운 데이터 활용법,
글쓰기에 활용하기

제 브런치 글의 랭킹을 보겠습니다. 글의 조회수는 브런치 팀이 얼마나, 어디에 노출해 주었는가에 따라 크게 달라집니다. 제 글의 전체 누적 조회수 220만 중 34%를 차지하고 있는 1위 글은 브런치 메인 페이지는 물론이고 포털사이트 다음과 카카오톡 채널 등에 여러 차례 노출되었습니다. 그 결과 다른 글에 비해 75만이라는 어마어마하게 높은 조회수를 기록할 수 있었죠.

랭킹	글 제목	조회	댓글
1	**10년 동안 책 670권을 읽으면 일어나는 일** Aug 10. 2021	756,503	312
2	**엘리베이터에 같이 탄 남자가 버튼을 안 눌렀다** Dec 12. 2020	141,166	10
3	**다시는 그렇게 퇴사하지 말아야지** Jun 07. 2018	95,076	35
4	결혼식에 갔다가 또 울어버렸다 Apr 28. 2018	94,838	6
5	출근길에 그 남자가 주고 간 것 Apr 17. 2020	89,485	114
6	삼성, 구글 직원들도 이직한다는 그곳에 이직했다 Sep 16. 2019	66,325	22

브런치 스토리 글 조회수 랭킹

브런치 팀은 당연히 브런치를 더 활성화시키고자 하는 목표를 갖고 있고, 지금까지 축적한 수많은 데이터를 기반으로 많은 사람들의 관심을 받을 만한 글을 여러 채널에 노출시킵니다. 즉 우리는 조회수를 통해 콘텐츠의 가치를 정량적으로 측정하고 비교해볼 수 있습니다.

조회수에 가장 큰 영향을 끼치는 것은 무엇일까요? 바로 제목입니다. 광고로 치면 메인 카피일 텐데요. 제목으로 독자의 이목을 집중시키지 못하면 읽힐 기회조차 얻지 못하기 때문에 제목을 지을 때 심혈을 기울여야 합니다. 저는 제목을 지을 때 '~하는 방법'이나 '~하면 일어나는 일'처럼 호기심을 불러일으킬지 아니면 '~해야지'나 '~하세요'처럼 구어체로 만들지 다각도로 고민합니다. 그리고 예상보다 조회수가 낮게 나오면 제목의 매력이 덜하거나 뻔하지 않았는지 의심해 봅니다.

좋은 제목을 만들기 위한 방법은 여러 가지가 있지만, 저는 서점에서 최근 가장 많이 판매되고 있는 책들의 제목과 목차를 살펴보기를 추천합니다. 최근에는 《이 지랄 맞음이 쌓여 축제가 되겠지》처럼 속된 표현이나 《우울해서 빵을 샀어》처럼 SNS에서 유행한 말을 제목에 사용하기도 합니다. 저는 서점에 가면 이처럼 색다르고 특이한 제목이 없는지부터 살펴보는데요. 시간이 없을 땐 베스트셀러 구간 혹은 신간 구간만 빠르게 살펴보고 나오기도 합니다. 물론 인터넷 서점에서도 제목과 목차를 살피는 데 어려움이 없습니다. 혹은 브런치 메인 페이지에 노출되고 있는 글의 제목을 살펴보는 것도 좋은 방법입니다. 현재 많은 사람이 읽고 있는 글의 제목은 어떤 경향을 띠는지 몇 번의 클릭만으로 쉽게 파악할 수 있죠.

브런치 팀은 발행한 글을 묶어둔 '브런치북'에 어느 정도 의미 있는 데이터가 쌓이면 인사이트 리포트를 제공해 주는데요. 여기에는 완독률, 주요 독자층, 그리고 다른 브런치북에 비해 내 글이 얼마나 좋은 반응을 얻고 있는지 등의 데이터가 있습니다. 독자의 반응을 담은 데이터를 그냥 지나쳐버리기에는 너무나 아깝겠죠? 특히 저는 완독률 데이터에서 많은 도움을 얻었습니다. 완독률이 높은 글의 분량과 스토리 구성을 분석하면 앞으로의 글쓰기에 대한 힌트를 얻을 수 있기 때문입니다.

제가 만든 브런치북에서 가장 높은 완독률을 보였던 글은 '퇴사' 관련 글이었습니다. 몰입도를 높이는 스토리텔링 덕분이기도 했지만 글의 중간중간에 대화체를 넣어 긴장감은 올리고 지루함은 덜어준 것이 완독률을 높인 요인 중 하나로 보입니다. 그렇게 파악하는 이유는 대다수의 브런치 독자는 출퇴근길 등 외부에서 모바일로 접속하기 때문인데요. 모바일로 글을 읽을 때, 한 문단이 너무 길거나 줄 바꿈 없이 빽빽하면 어떨까요? 글을 읽다가 숨이 막히는 느낌이 들 수 있습니다. 따라서 에세이를 쓸 때는 대화체를 섞어 주기도 하고, 정보를 전달하는 글에는 넘버링이나 소제목을 달아 독자가 숨 쉴 공간을 마련합니다.

조회수가 가장 높은 〈10년 동안 670권의 책을 읽으면 일어나는 일〉은 댓글 수도 가장 많은데요. 평소에 제가 쓰는 분량의 2배에 달하는 긴 글이지만 가장 열렬한 반응을 얻고 있는 이유는 넘버링으로 적절히 호흡을 끊어서 끝까지 읽을 수 있게끔 도왔던 덕분이라고 생각합니다.

이런 식으로 글의 성과를 분석하다 보면 마치 고객들이 우리 회사의 광고를 넘기지 않고 끝까지 보게끔 만들고자 애쓰는 마케터의 노력이 떠오르기도 합니다. 누군가는 '작가에게 데이터라니?' 하는 의문을 가질 수도 있을 텐데요. 따뜻한 공감 에세이를 쓰는 저 같은 작가가 숫자 이야기를 하니 어딘가 더 어색하게 느껴지기도 할 겁니다. 하지만 앞으로는 마케터도 작가도 데이터를 의미 있게 활용할수록 자기 분야에서 더 좋은 성과를 얻을 수 있을 것입니다.

직업의 특수성을
나만의 독특한 콘텐츠로

　유치원 교사인 언니에게 제가 자주 하는 말이 있습니다. 언니가 매일 유치원에서 아이들과 보낸 하루를 글로 쓰면 무척 재미있을 거라고요. 언니에겐 매일 똑같은 일상이라 그게 무슨 재미있는 이야기가 되겠나 싶겠지만, 동심 가득한 아이들의 이야기를 들으면 저는 무척 신선하게 느껴집니다. 사실 유치원에서 교사가 어떤 일을 하는지는 지인이 아니면 자세히 알기 어려운데, 가까이에서 들어 보면 눈물 없이 들을 수 없는 짠 내 나는 이야기도 많더라고요.

《콜센터 상담원, 주운 씨》는 콜센터 상담원, 《출동 중인 119 구급 대원입니다》는 소방관, 《저 청소일 하는데요?》는 청소 사업가, 《간호사라서 다행이야》는 간호사인 저자가 쓴 에세이입니다. 흔하게 들어온 직업이라고 생각했는데, 막상 그들의 에세이를 통해 이야기를 접하니 그 직업에 대해 몰랐던 부분도 많았고, 그 직업만이 갖고 있는 세계에 푹 빠져들지 않을 수 없었습니다.

평범한 회사에 다니는 직장인은 어떨까요? 하루 중 대다수의 시간을 컴퓨터 앞에 앉아 생활하는 회사 일상도 글의 소재가 될 수 있을까요? 앞에서도 언급한 것처럼 제가 쓴 글 중 가장 사랑받고 있는 글의 대다수가 회사와 관련된 글인 걸 보면, 꼭 대단히 특별한 이야깃거리만 좋은 소재가 아니라는 걸 알 수 있습니다. 오히려 너무 뻔해서 쉽게 지나쳤던 일들을 다른 사람의 시선으로 바라보며 재미를 느낄 수도 있을 테니까요.

또한 직장인이라는 이름으로 뭉뚱그려 통칭되고 있지만 각자 하는 일은 조금씩 다를 수밖에 없습니다. 예를 들어

제가 PR 담당자로서 기자분들을 상대한 경험, 콘텐츠 마케터로서 고객 인터뷰를 하는 일은 같은 직장인이라도 누구나 쉽게 접하고 겪는 일은 아니죠. 그래서 같은 직장인이지만, 제 회사 생활을 재미있게 읽어주신 직장인 독자들이 많았던 것 같습니다.

꼭 에세이만 쓸 필요는 없습니다. 서점을 운영하고 있다면 《어서오세요, 휴남동 서점입니다》와 같이 서점을 배경으로 한 소설을 남들보다 더 생생하게 쓸 수도 있고, 직장생활을 바탕으로 《미생》과 같은 만화나 드라마를 쓸 수도 있겠죠. 회사에 다니든, 회사에 다니지 않든 나의 직업과 내가 매일 하는 일이 다른 누군가에겐 신선하고 재미있는 이야기가 될 수 있습니다.

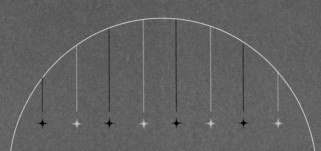

3장

글을 잘 쓰는 사람은
어디에나 필요합니다

이 세상 모든 일은 결국
글쓰기로 판가름 난다

제가 처음 취업 시장에 뛰어들었을 때 가지고 있는 강점이라곤 딱 하나, 글쓰기였습니다. 학점도, 토익 시험 점수도 그저 그랬는데 그마저도 점수 인정 기한이 지나버렸죠. 사실 글쓰기도 잘한다고 말하기는 어려웠어요. 당시엔 브런치 작가도, 출간 작가도 아니었으며 이름난 대회에서 수상을 한 적도 없었으니까요. 그나마 글쓰기를 뽐낼 수 있는 기회는 자기소개서뿐이었는데, 고작 몇 백 글자로 나를 다 표현하기엔 역부족이었죠.

하루는 별다른 기대 없이 한 IT 기업의 채용 공고를 보다가 눈이 번쩍 떠졌습니다. 자격 요건에 '글을 잘 쓰는 사람'이라고 쓰여 있었거든요. 지금 생각해 보면 홍보 담당자에게 글쓰기는 중요한 자격 요건이 맞지만 당시만 해도 학점, 토익 점수, 수상 경력을 더 중요시하는 분위기였죠. 저는 이 기회를 놓칠 수 없어 해당 회사에서 내준 글쓰기 과제를 최선을 다해 작성해서 제출했습니다.

며칠 후, 서류 합격 연락을 받고 면접을 보러 강남역으로 향했습니다. 회사는 드라마에서나 봤을 법한 멋진 빌딩에 있었어요. 이곳에서 면접을 볼 수 있다는 것만으로도 꿈인지 생시인지 모를 만큼 행복했습니다. 면접을 보는 동안 심장이 터질 듯 긴장됐지만 분위기는 나쁘지 않았어요. 면접이 끝나고 엘리베이터를 타고 내려오는 내내 기도하고 또 기도했습니다. 제발 이곳에서 일하게 해달라고요.

면접 결과는 탈락이었습니다. 그러면 그렇지. IT 관련 자격증 하나 없는 제가 합격하는 것이 오히려 이상하게 여겨질 정도였기 때문에 대단히 실망스럽지도 않았습니다.

그 후 3개월이 흘렀지만 여전히 취업 준비를 하고 있던 저는, 면접에서 탈락했던 그 회사로부터 연락을 받았습니다. 다시 면접을 볼 생각이 없냐고요. 무척 고민이 되었습니다. 최종 합격한 사람이 3개월도 안 돼 도망갈 정도로 힘든 회사가 아닐까 의심이 들었거든요.

밑져야 본전이었습니다. 가진 것 없는 제가 한 번 더 면접을 보러 간다고 해서 잃을 건 없었습니다. 이번에는 3개월 전에 봤던 면접관이 아닌, 당시 너무 바빠 면접장에 들어오지 못했던 대표님께서 저를 맞이해 주셨습니다. 3개월 전에 합격한 분은 IT 관련 능력이 출중한 분이었다고 했습니다. 그에 반해 저는 구글 시트도 다뤄본 적이 없었기 때문에, 마지막까지 고민하다가 결국 그분을 채용하기로 한 거죠. 하지만 홍보 담당자로서 업무의 대부분이 글쓰기이다 보니 먼저 합격한 분은 본인과 일이 잘 맞지 않다고 판단해 그만두게 됐다고 했습니다.

두 번째 면접을 보고 빌딩에서 나와 지하철을 타러 가는 길이었습니다. 아마도 면접을 마치고 10분도 채 지나지 않았을 무렵, 대표님으로부터 전화가 왔습니다. 함께 일해보자고요.

제가 취업 시장에 처음 뛰어들었을 때만 해도 글쓰기는 취업에 그리 큰 도움이 되지 않았던 것 같습니다. 글을 잘 쓴다는 것을 증명할 수상 경력이나 증명서가 있다면 몰라도 서류 전형이나 면접에서 글쓰기를 뽐내기란 쉽지 않으니까요. 하지만 취업이 된 이후에 글쓰기는 쓸모 있는 직원으로 인정을 받는 데 확실히 큰 도움이 되었습니다. 꼭 글쓰기와 관련 있는 직무가 아니더라도 회사 커뮤니케이션의 대부분이 글로 이루어지기 때문에 글을 잘 쓰는 능력은 어느 회사에서든 각광을 받았습니다.

합격했던 회사에서 약 3년 반 동안 일하고 퇴사할 때 대표님께 물었습니다. 왜 저를 뽑으셨냐고요. 그때 대표님이 해주신 답변은 영원히 잊지 못할 것 같습니다.

"글을 잘 쓰면 다른 것도 다 잘하실 것 같아서요."

그 후 몇 차례 이직을 위해 경력직 면접을 보면서 느꼈습니다. 글쓰기 능력을 갖춘 사람을 찾는 회사가 점점 더 많아지고 있다고요. 시간이 갈수록 면접 자리에서 회사 경력에 대한 질문과 개인적인 글쓰기 활동에 대한 질문의 비중도 비등해졌습니다.

약 10년간 회사를 다니며 느낀 바, 앞으로 글쓰기는 취업의 성공률을 높이는 데 점점 더 큰 영향력을 끼칠 것입니다. 10년 전 우리 사회는 토익 점수가 높은 사람을 일을 잘하는 사람으로 여겼지만, 실제로 토익 점수가 일을 잘하는 것과는 큰 상관이 없다는 것을 깨달았습니다. 이화여자대학교 최재천 석좌교수의 말처럼 직장인이든 자영업자든 "이 세상 모든 일은 결국 글쓰기로 판가름 날 것"이기 때문에, 앞으로 글을 잘 쓰는 인재를 찾는 회사는 분명히 점점 더 많아질 것입니다.

나만의 키워드,
작가로 포지셔닝 하기

브런치 구독자 수가 네 자릿수를 넘기고, 책을 출간하게 되었을 때 저는 이 점을 회사에 숨기지 않았습니다. 동료들은 제 브런치를 구독해 주고, 책도 구매해 줬을 뿐만 아니라 지인들에게 제 책을 홍보해 주기도 했습니다. 매일 만나는 회사 사람들에게 굳이 좋은 소식을 숨길 필요는 없다고 생각했습니다. 저는 그들의 동료인 동시에 내 글과 책을 널리 알려야 하는 작가이기도 하니까요.

부업 활동을 엄격히 금지하는 회사도 있겠지만 자영업

을 하는 것도 아니고 퇴근 후에 글을 쓰는 것까지 이해 못할 동료는 없었습니다. 아직까지는요. 글을 쓰기 이전의 제가 회사 내에서 그냥 '수진 님'이었다면, 저의 작가 활동을 동료들이 알게 된 이후부터는 모두 저를 '글을 잘 쓰는 수진 님'으로 불러줬습니다.

'수진 님은 글을 잘 쓴다', '수진 님은 콘텐츠를 잘 뽑아낸다'는 이야기가 사내에 퍼지면서 글을 쓰는 일이라면 상황을 가리지 않고 불려 다녔습니다. 보도자료는 물론 뉴스레터, 고객 인터뷰, 광고 카피라이팅, 브로슈어 제작, 랜딩 페이지 문안, 직원들에게 쓰는 편지글, 모든 사업 팀의 보고자료 종합 정리, 사내에 붙일 아주 사소한 포스터의 문구까지! 어떤 글은 제가 쓰나 다른 분이 쓰나 크게 다름이 없을 텐데도 글을 쓰는 일이라면 모두 저를 찾아 주셨습니다. 덕분에 포트폴리오는 넘치도록 두둑해졌죠.

일이 너무 없어서 '이 조직에서 내가 쓸모없는 사람인가?' 하고 자책할 때가 있었습니다. 일을 하다 보면 바쁠 때도 있고 한가할 때도 있기 마련이지만, 마냥 기다린다고 일이 들어오는 것은 아니었습니다. 그럴 때는 적극적으로 회사 안에서 나만의 키워드를 만들 필요가 있습니다.

글과 관련된 일이라면 이 사람에게 맡겨야 한다는 강력한 신뢰를 만들면 보다 다양한 프로젝트에 참여할 기회를 얻을 수 있습니다. 퇴근 후의 작가 활동을 통해 사내에서 글을 잘 쓰는 사람이라는 포지션을 선점해 보는 것은 어떨까요?

작가 활동으로
회사와 나, 모두 윈윈하기

브런치에는 '매거진'이라는 기능이 있습니다. 카테고리와 같은 개념으로 여러 개의 매거진을 만들어서 각기 다른 주제로 글을 쓸 수 있습니다. 경력 채용 플랫폼 '리멤버' 앱을 운영하는 리멤버앤컴퍼니에 재직할 당시, 저는 《스타트업으로 출근하는 마케터》라는 매거진을 개설하고 회사 안에서 일어나는 일들에 대해 썼습니다. 제 개인 채널에 회사에 대한 글을 쓴다는 것을 사전에 회사와 협의했지만, 내용이나 발행 주기 등에 대해서는 대표님도, 회사의 그 누구도 아무런 간섭을 하지 않았습니다.

처음에는 몇 편이나 쓸 수 있을까 싶었는데 막상 쓰다 보니 글감이 계속 생겨났습니다. 사내에 처음 생긴 매점부터 동료들과 민속촌에 다녀온 이야기, 연말 평가, 미팅 등 관심을 갖고 들여다보니 매일 똑같은 회사 생활 속에서도 글감이 발견됐습니다. 글을 써야 한다는 책임감 덕분인지, 회사에 무언가가 새로 도입되면 먼저 나서서 살펴봤고, 여러 동료들과 자주 이야기를 나누며 회사에 제가 모르는 재미난 소식은 없는지 찾아다녔습니다.

가장 인기가 있었던 콘텐츠는 〈삼성, 구글 직원들도 이직한다는 그곳에 이직했다〉라는 글로, 처음 입사했을 때의 경험을 담은 에세이였습니다. 이 글은 누적 조회수 6.6만을 기록했고, 포털사이트 다음의 메인 페이지에 노출되었는데요. 우연히 글을 읽은 여러 지인들로부터 이직 축하 메시지를 받았을 정도로 널리 공유되었습니다. 이후 회사에 입사 면접을 오시는 많은 분들이 "유수진 님의 글을 읽고 회사에 대해 긍정적인 인상을 받았습니다."라고 말씀하셨다는 이야기를 전해 들었습니다. 제 글이 회사의 브랜딩에 도움이 되었다는 뿌듯함도 느꼈습니다.

개인 채널에 회사 이야기를 쓰는 게 싫지 않냐는 질문을 받기도 했습니다. 때로 '이런 것까지 써도 되나?' 하는 걱정을 한 적은 있지만 한 번도 싫지는 않았어요. 하루 8시간, 깨어 있는 시간의 절반을 보내는 회사에서 일어나는 일들을 가장 의미 있게 활용할 수 있는 방법이었을 뿐만 아니라 회사에도 도움이 되는 일석이조의 활동이었으니까요.

다만, 개인 채널에 회사의 이야기를 쓸 때는 특히 조심해야 할 필요가 있습니다. 저의 경우 회사 PR 담당으로 커뮤니케이션을 해왔던 경험을 바탕으로 수위 조절에 신경을 많이 썼습니다. 동의 없이 특정인의 실명을 거론하거나 검증되지 않은 것을 마치 사실처럼 적지 않도록 주의를 기울여 글을 썼죠. 회사에 대한 글을 쓰고 싶은데 동의를 해줄지 고민이 된다면 두세 편 정도의 글과 목차를 준비해 상사와 논의해 보시는 것도 좋은 방법입니다.

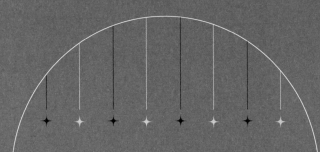

4장

초보자를 위한 글쓰기
기술을 소개합니다

첫 번째 기술

: 시작부터 결말까지 잘 쓰는 법

감동을 주고 싶다면? 솔직하게 쓰기

전남 완도군에 사시는 황화자 할머니의 〈오직 한 사람〉이라는 시를 읽고 한동안 이 시에서 벗어날 수가 없었습니다. 이 시를 처음 접한 독자분들이 많으실 테니, 먼저 함께 읽어보겠습니다.

오직 한 사람

황화자

유방암 진단 받은 나한테
남편이 울면서 하는 말
"5년만 더 살어"
그러던 남편이
먼저 하늘 나라로 갔다
손주 결혼식에서 울었다
아들이 동태찜 사도 눈물이 났다
며느리가 메이커 잠바를 사줄 때도 울었다
오직 한 사람 남편이 없어서

　　5남매 중 장녀로 태어난 할머니는 그 시절 여성이 그렇듯 국민학교 문턱도 밟아보지 못했고, 부모님을 도와 밭일과 김 양식을 도우며 자랐습니다. 2013년, 마을 할머니의 권유로 한글을 가르치는 고금비전한글학교에 다니기 시작했고 70년 만에 처음 일기를 쓰게 되었죠.

한 자 한 자 한글을 깨치는 동안 가장 힘이 되어준 사람은 바로 남편이었습니다. "초등학교 6년을 다녀도 한글 모르는 사람은 모른디 자네는 잘한 사람이네"라며 든든한 지원군이 되어주던 남편은 2018년 갑자기 세상을 떠났습니다. 그 후 할머니는 남편에 대한 그리움을 담아 〈오직 한 사람〉이라는 시를 썼습니다.

그 어떤 즐거운 일이 있어도, 늘 내 옆을 지켜주던 남편이 없다면 다 무슨 소용일까. 인생의 즐거운 순간들마다 슬픔을 배로 느껴야 했을 황화자 할머니의 마음이 시 한 편에서 온전히 느껴지는 듯했습니다. 누군가는 "이 좋은 날에 왜 울어"라고 말했을지도 모를 그날, 할머니가 한 자 한 자 시를 써 내려갔을 생각을 하니 저도 모르게 가슴이 찡해졌어요.

종종 누군가의 글을 읽고 그 자리에서 쉽게 벗어나지 못하는 경험을 하곤 합니다. 대체로 '이 마음을 글로 꺼내기까지 홀로 얼마나 많은 밤을 눈물로 지새웠을까' 싶은 글을 읽었을 때였던 것 같습니다. 글로 마음을 꺼내본 사람들은 알죠. 무심히 툭 하고 꺼내놓은 것처럼 보여도 무수히 썼다 지웠다를 반복했을 거라는 걸.

마음을 꺼내어 글을 쓰는 일은 용기가 필요합니다. 그것이 제가 에세이를 쓰는 이유이면서 동시에 가장 힘든 부분입니다. 처음 에세이를 쓰기 시작한 건, 어디에도 말하지 못한 마음을 꺼내고 싶어서였어요. 처음엔 10%, 다음 날엔 20%, 그다음 날엔 30%… 그렇게 조금씩 제 마음을 꺼내다 보니 무거웠던 마음이 조금씩 가벼워졌죠. 그러자 놀라운 일이 생겼습니다. 제 글을 읽은 독자 분들이 '나도 그렇다'며 공감을 해주신 겁니다. 우리는 서로 내가 틀리지 않았다는 것에 안도감을 느끼고 용기를 얻었습니다.

감동을 주는 글은 어떻게 쓸까요? 저는 솔직하게 쓰는 거라고 답합니다. 얼마 전, 마케터이자 여러 책을 쓰신 이승희 작가님의 《질문 있는 사람》이라는 책을 들고 미용실에 머리를 하러 갔어요. 7년 전, 한 마케팅 강의에서 처음 이승희 작가님을 알게 된 후로 꾸준히 SNS나 책을 통해 그녀의 이야기를 접해와서인지, 그녀에게 내적 친밀감을 느끼고 있는데요. 이번에도 마케팅 관련 인사이트를 담은 책이겠거니 했습니다. 그런데 책을 읽던 중 저는 한 지점에 멈춰 미용실에서 눈물을 훔칠 수밖에 없었어요. 어릴 때부터 지금까지 그녀가 느껴온 어머니의 빈 자리에 대한 이야기가 담겨 있었기 때문입니다.

제가 눈물을 흘린 건 단순히 슬픈 이야기여서가 아니었습니다. 그녀가 책에 말하기를, 어디에서도 가족 이야기를 꺼내 본 적이 없었다고 해요. 7년간 그녀의 콘텐츠를 샅샅이 읽어왔기에 저 역시 그 말이 사실이란 걸 알고 있습니다. 그만큼 꺼내기 힘든 이야기를 솔직하게 꺼내었다는 것. 저는 바로 그 지점에서 감동을 느꼈죠. '이 사람, 참으로 큰 용기를 내었구나' 싶어서요.

고백하건대 저는 에세이를 쓴 7년 동안 단 한 번도 제 마음을 100% 솔직하게 다 꺼낸 적은 없는 것 같습니다. 태생이 소심한 저에겐 쉽지 않은 일이지만, 여전히 조금씩 100%를 향해 나아가고 있어요. '너도 그랬구나'라며 등을 토닥여주는 독자들을 생각하면 황화자 할머니의 말씀처럼 내 마음을 고스란히 써 내릴 용기가 생기는 것 같습니다.

독자의 시선을 붙잡고 싶다면? 첫 문단에 힘주기

마이크로소프트의 연구에 따르면 보통 사람이 집중을 유지하는 시간은 겨우 8초라고 합니다. 30초 이내의 짧은 숏폼short-form에 익숙해진 사람들은 첫 3초에서 흥미를 느끼지 못하면 가차없이 다음 숏폼으로 넘어가죠. 글도 마찬가지입니다. 콘텐츠가 넘쳐나는 세상에서 독자들은 따분하고 재미없는 글을 읽어줄 여유가 없습니다. 책의 첫 페이지, 혹은 글의 첫 문단에서 이미 독자는 마음의 결정을 내립니다. 계속 읽을지 말지를요.

따라서 독자에게 읽히는 글을 쓰고 싶다면 첫 문단은 신중을 기해 써야 합니다. 그 다음 문단, 글의 마지막까지 읽어보지 않을 수 없을 만큼 강렬한 인상을 남겨야 하죠. 강렬한 인상을 남기는 저만의 두 가지 방법을 소개합니다.

질문 던지기

> 만약 당신의 친구가 이런 고민을 털어놓는다면 어떤 말을 해줄 수 있겠는가? 20대 초반에 애인과 이별한 뒤 10년이 넘도록 우울증을 겪고 있다고. 심리 상담을 하고 종교 수행을 해봐도 아주 잠시 동안은 도움이 되는 것 같지만 금세 원상 복귀된다고.
>
> ─유수진, 《나답게 쓰는 날들》 중에서

위 글은 저의 책 《나답게 쓰는 날들》의 〈이미 알아야 할 것은 다 알아버렸는지도〉라는 글의 첫 문단입니다. 저는 첫 문단에서 독자에게 질문을 던졌어요. 사람은 질문을 받으면 자연스럽게 답변을 생각하게 되는 경향이 있기 때문인데요. 특히 연애 고민은 쉽게 지나치기 어려운, 누구나 한 번쯤은 겪어봤을 고민이기에 이에 대한 다른 누군가(작가)의 생각은 어떨지 궁금해질 겁니다.

제가 던진 질문에 '누구나 겪는 이별이야, 털어버려'라든지 '네가 뭐가 아쉬워서 아직까지 눈물 바람이야? 더 좋은 사람 만날 거야!'라는 답변이 떠오르셨나요? 어떤 답변이든 답변을 떠올리셨다면 저의 첫 문단은 성공적입니다.

앞의 이야기는 정신건강의학과 정혜신 전문의가 운영하는 유튜브 채널 '정혜신TV'에 올라온 고민인데요. 정혜신 전문의는 고민의 주인공이 이별을 극복할 방법을 이미 다 알고 있다고 답했습니다. 그러니 이제 책도 그만 보고, 상담도 그만하고, 자신의 마음을 들여다보라는 처방을 해주었죠. 저는 세상에는 꼭 풀어야만 하는 매듭만 존재하지는 않는다는 것을 깨달았고 이를 에세이로 담았습니다.

위기 상황 혹은 흥미로운 사건으로 시작하기

중학교 2학년 때인가, 우리 아파트 앞에서 처음 바바리맨을 마주쳤다. 하굣길이었으니 시간은 오후 4시쯤 되었을 것이고, 예쁜 동네 길에 햇빛이 쏟아지고 있어 기분이 좋은 날이었다. MP3로 박기영의 나비'라는 곡을 엄청 크게 들으며 아파트 단지로 꺾어 들어가려는데, 느낌이 이상했다. 웬 남자가 너무 당당하게 내 앞을 가로막고 빤히 나를 쳐다보고 있는 게 아닌가. 뭐야?라고 할 틈도 없이 바지 지퍼가 열려 있음을 0.01초 사이에 확인했고, 열린 지퍼보다는 내 앞길을 막고, 나를 빤히 쳐다보고 있는 얼굴이 희한해서 바바리맨임을 알아차렸다.

─유수진, 《나답게 쓰는 날들》 중에서

위 글은 제 책 《나답게 쓰는 날들》의 〈살면서 겪지 않아도 될 일을 겪게 된다면〉이라는 글의 첫 문단입니다. 바바리맨을 마주친 다음 어떤 일이 펼쳐졌을지 궁금하지 않으신가요? 제가 바바리맨을 잡아 때려 눕혔을지, 신고를 했을지, 아니면 더 큰 위기 상황이 찾아왔을지 말이에요.

당시 저는 MP3에서 흘러나오는 '어떡해 어떡해 어떡해'라는 노래 가사에 맞춰 반대 방향으로 미친 듯이 도망쳤어요. 한참을 달리자 같은 아파트에 사는 친구들이 보였고 한시름 마음을 놓았죠. 하지만 집에 와 곰곰이 생각해 보니 왠지 억울한 기분이 들더라고요.

저는 그 후 바바리맨을 한 번 더 마주쳤는데, 마침 손에 장우산이 들려 있던 터라 저 미친놈을 쫓아가야겠다는 용기가 생겼어요. 다행히 친구의 만류로 우산 폭행 사건은 일어나지 않았지만 제 스스로 많이 강해졌다는 느낌을 받았습니다. 이 일을 계기로 살면서 굳이 겪지 않아도 될 일과 굳이 마주치지 않아도 될 사람은 최대한 피해가되, 그래도 혹여 맞닥뜨리게 된다면 목청껏 소리도 지르고 장우산을 휘두르며 나를 보호하자고 다짐했죠.

한 번도 바바리맨을 마주쳐 본 적 없는 친구들은 저에게 물었어요. "바바리맨은 정말로 트렌치코트를 입고 있느냐?", "어디에 자주 출몰하느냐?"라고요. 그런 걸 보면 사람들에게 바바리맨은 꽤 흥미로운(?) 사건인 듯합니다. 이처럼 다른 사람들이 관심을 가질 만한 흥미로운 사건 혹은 자신에게 닥쳤던 위기 상황을 묘사하며 글의 첫 시작을 연다면, 다음 문장까지 독자의 시선을 붙잡기가 훨씬 수월해 집니다.

세련되게 표현하고 싶다면?
비유적으로 쓰기

저의 책 《나답게 쓰는 날들》의 〈제 이상형은요, 잘 쓰는 사람이요〉라는 글에서 이상형을 밝힌 적이 있습니다. 여기서 '잘 쓴다'의 목적어는 돈이 아니라 글입니다. 글을 잘 쓰기 위한 요소를 갖추고 있는 사람이 이상형에 가깝다는 뜻입니다.

예를 들면 자신의 생각이나 감정을 상대방에게 거리낌 없이 잘 보여주는 사람 있잖아요. 작가가 글을 잘 쓰기 위해 끊임없이 독자에게 내가 쓴 글을 보여주고 피드백을 받는 것처럼, 감정을 마음속 깊이 숨기기보다는 다소 헤프게 보일지라도 상대방을 믿고, 있는 그대로의 속마음을 꺼내

보여주는 사람을 더 선호하는 거죠.

사실 저는 이상형이 무엇이냐는 질문을 받을 때마다 어떻게 설명해야 하나 고민스러웠는데요. 글을 잘 쓰는 사람에 빗대어 설명하니까 잘 맞는 옷을 입은 것처럼 적절한 비유가 완성되었습니다. 이처럼 글을 쓰면서 설명하기 어렵고 애매한 것에 맞닥뜨렸을 때에는 다른 무언가에 빗대어 쓰면 훨씬 쉽고 편리해집니다. 실제 제 글을 예시로 설명해 보겠습니다.

> 정말 세상이 빠르다. 마음의 준비를 할 시간도 없이 계산대에는 로봇이 들어서기 시작했고, 어제의 비트코인이 오늘은 흔적도 없이 사라져 버린다. 소개팅은 삼세판이라고 한다(더 빨라졌을지도 모른다). 세 번 만나봐도 마음이 오지 않으면 인연이 아니라는 것이다. 아무리 빠르게 달려도, 나만 느리게 달리고 있는 것 같은 기분으로 잠에 드는 날이 많다. 이럴 때일수록 천천히 들여다보고 기다려 주는 인내가 사람과 사람 사이에 필요한 게 아닐까. (중략)
> 마찬가지로 다 쓴 글도 다시 읽어보면 반드시 고칠

부분이 나온다. 고민하고, 들여다보고, 인내하면서 분명 더 나은 방향으로 고칠 방법이 떠오르게 되어 있다. 글도, 사람도 빠르게 쓴다고 잘 쓰는 것이 아니다.

−유수진, 《나답게 쓰는 날들》 중에서

글을 잘 쓰는 사람의 인내심에 빗대어 제 이상형을 설명한 부분입니다. 완벽에 가까운 글을 썼다는 건, 여러 번 쓰고 고치는 퇴고 과정을 거쳤을 가능성이 높겠죠. 좋은 글을 쓰기 위해 오랜 시간을 들여 노력을 하듯이 관계에 있어서도 오랜 시간을 들여 노력할 수 있는 사람이 제 이상형이라는 뜻입니다.

마지막으로, 누군가를 살피고 사랑할 줄 알아야 한다는 점이 그렇다. 오랫동안 에세이를 써오면서 느긴 게 있다면 어떤 대상에 대한 애정 없이는 글을 쓰기 어렵다는 것이다. 그 대상은 때에 따라 '나'가 될 수도 있고, '너'와 '우리'가 될 수도 있다. 글에는 어떤 식으로든 글 쓰는 사람의 생각과 마음이 묻어나기 마련이다. (중략)

사실 나는 지금도 거울을 보면 마음에 안 드는 것투성이고, 생각이 너무 많아 스스로를 괴롭히는 내 성격이 싫다. 그런데 2년 전 내가 쓴 글을 보면 지금보다 훨씬 더 못났다. 그럼에도 그런 못난 점들을 계속 글로 썼다는 건 여전히 나를 사랑하고, 나와 더 잘 지내고 싶다는 뜻이다. 글을 써왔기 때문에 더 나은 지금의 내가 될 수 있었다고 생각한다.

─유수진, 《나답게 쓰는 날들》 중에서

누군가를 진심으로 사랑한다는 것은 상대방의 예쁜 모습뿐만 아니라 미운 부분까지 감싸 안아줄 수 있다는 뜻이겠지요. 만약 제가 스스로를 증오하고 미워하기만 했다면 이렇게 오래도록 에세이를 쓰지는 못했을 거라고 생각합니다. 나 자신을 진심으로 사랑하기 때문에 부족하고 미운 부분을 글로 써 내려가며 더 나은 사람으로 발전할 수 있었죠. 이처럼 누군가든, 자신이든 진심으로 사랑해 본 적이 있는 사람, 그런 사람이 제 이상형이라는 뜻입니다.

어쩌다 보니 제 이상형에 대해 길게도 설명했는데요. 핵심은 설명하기 어렵고 애매한 것에 대해 글을 쓸 때에는 다른 무언가에 빗대어 설명하면 쉽고 편리해진다는 것입니다. 여러분의 이상형은 어떤 사람인가요?

한 편의 영화처럼 쓰고 싶다면?
처음과 끝을 연결하기

수미상관이란 운문 문학에서 첫 번째 연이나 행을 마지막 연이나 행에 다시 반복하는 것을 말합니다. 수미상관으로 글을 쓰면 '잘 써 보이는 효과'가 있을뿐더러 본 주제에서 딴 길로 새지 않고 글을 쓰는 연습을 할 수 있습니다. 다만 이것은 글쓰기 방법 중 하나일 뿐이지, 항상 이렇게 쓴다고 해서 좋은 글을 쓰는 것은 아닙니다. 하나의 팁을 드리자면, 저는 단순히 첫 문단에서 썼던 내용을 마지막 문단에서 반복적으로 쓰기보다는 첫 문단에서 썼던 내용이 마지막 문단에서 자연스럽게 이어지도록 합니다.

예시를 볼까요? 제 첫 번째 책《아무에게도 하지 못한 말, 아무에게나 쓰다》에 실린 〈완벽한 타인이 되는 방법〉이라는 글이 있습니다. 영화 〈완벽한 타인〉을 보고 느낀 점을 쓴 글인데요. 이 글의 처음과 중간과 끝이 어떻게 설계되어 있는지를 중점적으로 봐주시기 바랍니다.

처음 - 개인적인 에피소드

휴대폰이 없던 15년 전, 친구로부터 편지 한 통이 왔다. 편지 봉투엔 내가 아닌 다른 사람이 뜯어보지 않았으면 좋겠다는 경고 글귀가 적혀 있었다. 혹여 나보다 먼저 우편함을 확인한 가족이나 다른 사람이 자신이 쓴 편지를 확인하지 않을까 걱정이 되었던 모양이다. 누군가 장난으로 편지를 뜯어볼 생각을 했다가도 경고 글귀를 보았다면 잠시나마 망설일 수밖에 없었을 것이다. 다소 허술해 보여도 당시 발신자가 설정할 수 있었던 가장 강력한 잠금 설정이었으니까.

―유수진, 《아무에게도 하지 못한 말, 아무에게나 쓰다》 중에서

　처음은 친구가 보낸 편지에 대한 에피소드로 시작됩니다. 편지엔 '경고 문구'가 적혀 있었다고 했지만, 그래서 그 편지를 누가 먼저 열어보았는지에 대한 결말은 아직 보여주지 않습니다. 그 다음으로, 영화 〈완벽한 타인〉의 간략한 줄거리와 함께 영화에 대한 저의 생각이 이어지는데요. 영화를 아직 못 보신 분들을 위해 간략하게 줄거리를 소개하면, 한 모임에 참여한 커플들이 서로의 문자나 전화 내역을 공유하는 게임을 하다가 상상치 못한 개인의 사생활이 드러나면서 관계가 파국에 치닫는 내용입니다.

중간 – 영화 줄거리 및 영화에 대한 나의 생각

> (영화 줄거리는 생략)
> 가족, 연인, 직장 동료 등 모든 관계에서 우리는 서로를 불편하게 만들지 않을 때 더 진실되고 깊이 있는 관계를 맺을 수 있다. 굳이 휴대폰을 들춰보지 않아도 상대방의 입에서 듣는 정보를 신뢰할 수 있을 때, 서로에게 더 '완벽한 타인'이 될 수 있다. 또 상대방이 내 정보를 물었을 때 듣기 좋게 꾸며 말하지 않아도 될 때, 서로에게 더 '완벽한 타인'이 될 수 있다.
>
> –유수진, 《아무에게도 하지 못한 말, 아무에게나 쓰다》 중에서

저는 이 영화를 보고 완벽한 타인이란 무엇인가에 대해 나름의 정의를 내려보았는데요. 누군가는 서로의 휴대폰 속 내용을 모두 공개하는 것이 신뢰라고 말할 수도 있겠지만, 저는 개인적으로 서로의 휴대폰 속 내용을 공개하지 않아도 서로를 신뢰할 수 있을 때 진정한 완벽한 타인이 될 수 있지 않을까 하는 생각이 들었습니다. 따라서 이에

대한 제 생각을 에세이의 중간 부분에 넣었고요. 그렇다면 글의 마무리는 어떻게 지었을까요?

끝 - 개인적인 에피소드의 결말

> 15년 전, 내가 식탁 위에서 편지를 발견했을 때, 편지는 친구가 꽁꽁 여민 그대로 놓여 있었다. 중학생의 편지를 뜯어봐서 뭐하겠냐만 나보다 먼저 편지를 뜯어보지 않은 나의 완벽한 타인들에게 감사한다.
>
> —유수진, 《아무에게도 하지 못한 말, 아무에게나 쓰다》 중에서

처음 부분에서는 밝히지 않았던 에피소드의 결말을 공개하면서 에세이는 끝이 납니다. 친구가 편지봉투에 적은 간절한 바람대로 가족들은 제 허락 없이 편지를 열어보지 않았습니다. 진정한 완벽한 타인으로서 해피엔딩을 맞이

한 거죠.

많은 분들이 에세이를 쓸 때 자연스럽게 마무리 짓는 것을 어려워하시는데요. 처음과 마지막 부분이 연결되도록 글을 쓰는 습관을 들이면 방향을 잃지 않고 보다 완성도 높은 글을 쓸 수 있습니다. 마치 한 편의 영화처럼 독자에게 묵직한 여운을 남길 수도 있겠죠.

강렬한 인상을 남기고 싶다면?
결론을 염두에 두고 쓰기

2018년 종영한 MBC 예능 프로그램 〈무한도전〉을 좋아했던 분이라면 아시겠지만, 박명수 씨는 N행시로 큰 웃음을 주곤 했습니다. 다른 멤버들이 뜬금없이 아무 단어를 던지면, 순발력 있게 맞받아치면서도 재미 요소를 더해 많은 사람들을 웃기면서도 놀라게 했죠. 지금까지도 회자되는 N행시 중 하나는 '펭귄'이 있는데요.

| 펭 | 펭현숙(팽현숙) |
| 권 | 권카(퀸카) |

맞춤법은 틀렸지만, 오히려 약간 어긋남에서 비롯된 의외의 결과물이 사람들을 웃기는 포인트가 되었죠. 그런데 두 글자는 운 좋게 해볼 수 있다 쳐도 글자 수가 많아질수록 어려워질 텐데요. 최근 장도연 씨가 진행하는 유튜브 채널 '테오'의 웹 예능 〈살롱드립〉에 출연한 박명수 씨는 '살롱드립' 4행시로 또 한번 사람들을 놀라게 했습니다.

살	살다 살다 정말
롱	롱다리 처음 봤네 정말. 어떻게 저렇게 롱다리인 데다가
드	드립까지 잘 쳐? 내가 진짜 좋아하는
립	립제이(안무가)

어떻게 하면 이렇게 순식간에 재미있는 N행시를 완성할

수 있을까요? 그가 공개한 영업 기밀은 바로 '마지막을 먼저 만드는 것'입니다. 앞부분에서 아무리 재미있게 문장을 만들어도, 마지막에서 힘을 잃으면 사람들을 웃기기는 어려울 테니까요. 또한 너무 오랫동안 고심하면 기대감도 반감이 되죠. 따라서 마지막을 계속 염두에 두면서, 앞부분은 힘을 빼고 빠르게 채워나가는 것입니다.

그의 영업 기밀을 알고 나니 '살롱드립'이라는 4행시를 어떻게 완성했을지, 그의 머릿속이 그려지는 것 같습니다. 박명수 씨는 아마도 '살롱드립'이라는 단어를 듣자마자 '립'으로 어떻게 마무리할지 가장 고심했을 테고, '립'으로 시작하는 단어를 찾다가 안무가 '립제이'라는 이름을 떠올렸을 겁니다. '립제이'라는 이름으로 사람들을 웃기려면 어떻게 해야 할까요? 앞부분에서 '립제이'를 떠올리지 못하도록 만들어야겠죠. 따라서 앞부분에서는 진행자인 장도연 씨를 떠올리게 할 만한 '롱다리'나 '드립을 잘 친다'와 같은 단어와 문장들을 사용하면서 사람들을 완전히 반전에 빠뜨린 겁니다.

N행시든 어떤 글이든, 마지막을 염두에 두고 글을 쓰는 것은 중요합니다. 내가 말하고자 하는 결론을 염두에 두지 않고 쓰면 글이 산으로 가버리기 때문입니다. 산으로 간다는 건 어떠한 목적도 달성하지 못한 글입니다. 마지막의 한 방이 N행시의 성공 여부를 결정하는 것처럼 결론을 잘 지은 글이 사람들에게 오래도록 기억됩니다. 그렇다면 글을 쓸 때 이 방법은 어떻게 적용해볼 수 있을까요?

〈출근길에 그 남자가 주고 간 것〉은 이른 새벽에 출근해야 했던 사회 초년생 시절, 출근길에 만난 한 중년의 남성분이 저를 불러 세우면서 시작된 에피소드를 담은 글입니다. 궁금증을 자아내는 제목 때문인지 약 9만 조회수를 기록할 정도로 많은 관심을 받았습니다.

당시는 법적 근로 시간을 당당하게 어길 만큼 갑질을 하는 회사 때문에 무척 힘들어했던 시기였는데요. 힘없이 출근을 하던 길에 한 남성분이 저를 "아가씨!" 하고 부르시고는 편의점에 들어가셨습니다. 투명한 유리 벽 건너편의 남성분은 무엇을 골라야 할지 몰라 당황해하면서도 무언가를 잡히는 대로 집고 있었는데요. 그 모습을 지켜보면서 '그냥 가야 하나?' 수백 번을 고민했지만 왠지 모르게 잠깐만 기다려달라는 그의 말이 나쁘게 들리지 않았습니다. 잠시 후 편의점에서 나온 남성분의 손에는 과자와 꿀차가 들려 있었습니다. 제가 그냥 딸 같다고, 출근해서 먹으라는 말을 남기시곤 쏜살같이 사라지셨죠.

어쩌면 독자분들은 제 또래의 남성분이 제게 전화번호를 물어보는 이야기를 기대하셨을지도 모르겠습니다. 그렇다면 저는 성공입니다. 그게 제가 의도한 방향이니까요. 하지만 그 남성분과 제가 주고받은 것이 전화번호가 아니라서 실망한 분들은 없으셨을 거라고 생각합니다. 독자를 완전히 반전에 빠뜨린, 전화번호보다 더 소중한 과자와 꿀차가 이야기의 마지막을 장식했으니까요. 이 글의 마지막 문장은 다음과 같습니다.

> 출근하는 내내 한참 동안 손에 들린 그것을 바라보았다.
> 잃은 적도 없지만 모든 걸 보상받은 듯했다.

회사 때문에 일상까지 완전히 무너져 내렸던 그때, 이름 모를 누군가에게 받은 과자와 꿀차가 저에겐 잊지 못할 힘이 되어주었습니다. 당시엔 내가 모든 걸 잃었다고 생각했지만, 곰곰이 생각해 보면 잃은 게 없었습니다. 저는 얼마 지나지 않아 퇴사를 했고, 시간이 좀 걸리긴 했지만 원하는 회사에 입사했습니다.

그로부터 약 10년이 흐른 지금, 검정색 정장을 입고 검정색 구두를 신고 면접을 보러 가시는 듯한 분들을 보면 사회 초년생 시절의 제가 많이 생각납니다. 그리고 저 역시 누군가에게 과자와 꿀차를 건네줄 수 있는 사람이 되어야겠다고 다짐해 봅니다.

한계 없는 에세이를 쓰고 싶다면?
두 개의 이야기를 하나로 연결하기

자신만의 이야기로 에세이를 쓰다 보면 언젠가는 글의

소재가 떨어지는 한계에 부딪히고 맙니다. 이번에는 영화, 드라마, 책 등에서 본 내용을 나의 경험과 연결하여 한계 없는 에세이를 쓰는 방법을 알아보도록 하겠습니다.

30년 가까이 라디오 작가의 길을 걷고 있는 김신욱 작가님은 원고를 쓸 때 특히 신경 써서 금지하는 이야기 소재가 있다고 합니다. 첫 번째는 '쌀로 밥 짓는 이야기', 즉 당연한 이야기입니다. 예를 들면, '오늘 아침 일어나 밥을 먹고 회사에 갔다가 잠에 들었다' 같은 이야기겠죠. 이런 이야기는 에세이가 될 수 없습니다. 두 번째는 '모르는 사람의 모르는 이야기', 즉 아무도 관심이 없는 이야기입니다. 그런데 우리의 에세이는 누군가에게 '모르는 사람의 모르는 이야기'가 될 수 있다는 점을 주의해야 하는데요. 어떻게 하면 이 점을 보완할 수 있을까요?

김신욱 작가가 말하는 가장 좋은 이야기 소재는 '아는 사람의 모르는 이야기'입니다. 예를 들어 많은 사람들이 알 만한 유명인의 알려지지 않은 이야기는 사람들의 흥미를 끌기 좋은 소재인 것이죠. 즉, '아는 사람의 모르는 이야기'

를 에세이 앞부분에 배치하여 흥미를 유발하고, 이어서 나의 경험이나 생각을 쓰면 사람들에게 많이 읽히는 에세이가 될 수 있습니다.

하루는 JTBC〈내가 키운다〉라는 프로그램에서 김나영 씨가 홀로 두 아들을 키우는 모습을 인상 깊게 보았습니다. 저는 김나영 씨의 에피소드와 제 경험을 연결하여 에세이로 썼고, 이 에세이는 저의 책《나답게 쓰는 날들》의 첫 챕터에 〈네 안에 있는 상처 받은 어린이에게〉라는 제목으로 실렸습니다. 독자분들의 입장에서 아는 사람(김나영 씨)의 모르는 이야기와 모르는 사람의 모르는 이야기인 제 개인적인 경험이 어떻게 연결되어 하나의 글이 되었는지를 중점적으로 봐주시기 바랍니다.

연결하기 1단계: 영화, 드라마, 책 등에서 인상 깊게 본 내용 (아는 사람의 모르는 이야기)

JTBC 〈내가 키운다〉에 출연하는 김나영 씨는 홀로 두 아들을 키운다. 발육이 남다른 첫째와 유리 멘탈의 둘째를 한꺼번에 돌보는 일은 체력적으로도 정신적으로도 쉽지 않아 보인다. 도와주는 사람이 있으면 좋겠다만, 그녀의 어머니는 그녀가 초등학교에 들어가기도 전에 돌아가셨다고 한다. 소녀로, 숙녀로, 그리고 엄마로 자라오는 동안 어머니의 부재가 얼마나 컸을까. 두 아들에게는 부족함 없는 엄마가 되어주고 있지만, 어릴 적에 담임 선생님을 '선생님 엄마'라고 불렀던 그녀의 마음 안에는 여전히 커다란 상처 구멍이 있을 터였다. 몇 년 전, 한 프로그램에서 인연을 맺은 가수 양희은 씨가 어린이날 선물을 받기엔 너무 커버린 그녀에게 선물과 카드를 건넸다고 한다. 그리고 카드에는 이렇게 적혀 있었다. '조금 있으면 어린이날이다. 네 안에 있는 상처받은 어린이를 위해서 준비했어'라고. 양희은 씨는 지금의 김나영이 아닌, 엄마의 빈자리를 느끼던 어린 시절의 김나영에게 먼저 다가가 '어른'이 되어준 것이다.

김나영 씨가 홀로 두 아이를 키운다는 것은 어쩌면 많은 사람들이 알고 있는 이야기였을 것입니다. 그런데 이날 방송에서 김나영 씨는 사람들에게 알려지지 않았던 양희은 씨와의 일화 하나를 소개했는데요. 어렸을 적 어머니의 부재를 느끼며 자라온 김나영 씨에게 어린이날 선물과 카드를 건넴으로써 어릴 적 상처를 보듬어준 양희은 씨의 행동은, 진정한 어른만이 할 수 있는 행동이 아니었을까 하는 생각이 들었습니다.

연결하기 2단계: 위 내용과 관련된 나의 경험
(모르는 사람의 모르는 이야기)

> 내 오른쪽 눈 위에는 상처가 하나 있다. 어릴 적에 샤워를 하고 수건으로 몸을 닦던 중, 언니와 장난을 치다 넘어져서 눈 위가 찢어진 것이다. 2002 월드컵 때 황선홍 선수가 다친 부위와 비슷하다. 눈 윗살이 찢어지면 사실 크게 아프지는 않은데 피가 많이 난

다. 그래서 정확히 어디가 다쳤는지도 잘 보이지 않는다. 어린 나를 씻기고 잠시 눈을 뗀 찰나에 이런 일이 벌어졌으니 엄마는 얼마나 놀랐을까. 눈가에서 피가 철철 흐르는 나를 차에 태우고 우리 식구는 황급히 병원으로 향했다.

너무 어렸을 때라 몇 바늘을 꿰매었는지조차 잘 기억이 나진 않지만, 병원으로 향하는 차 뒷좌석에서 엄마 무릎에 누워 있던 기분은 생생히 기억이 난다. 엄마는 엉엉 울면서도 지혈을 위해 내 눈 위를 꼭 누르고 있었는데, 그렇게 엄마 품에 안겨 있으니 피가 나는 것도 그렇게 무섭게 느껴지지가 않았다. 할머니, 할아버지를 모시면서 장사에 육아까지 해야 했던 엄마는 어린 나를 그렇게 꼬옥 안아줄 수 있는 시간이 많지 않았을 것이다. 그래서 어린 나는 병원이 더 멀었으면 좋겠다고 생각했고, 철이 없게도 다치기를 잘했다는 생각까지도 했던 것 같다.

사람은 누구나 어릴 적에 생긴 상처 하나쯤은 갖고 자랍니다. 저는 살면서 크게 다쳐본 적이 별로 없지만 어릴 적 눈 위가 찢어진 것이 가장 큰 상처였습니다. 그런데 제가 다치자마자 온 가족이 병원으로 총출동해 응급처치한 덕분에 눈 위 상처는 그리 오래가지 않았습니다. 게다가 장사에 육아까지 하느라 늘 바빴던 엄마가 다친 저를 꼭 안아준 그 순간 모든 상처가 다 나은 듯한 기분이 들었죠. 제곁엔 양희은 씨 같은 진정한 어른이 있었던 것입니다.

연결하기 3단계: 두 에피소드의 공통점 연결, 그에 대한 나의 생각과 요점

상처는 어떻게 생겼는가보다 어떻게 치유되었는가가 더 중요하다. 어른이 된 지금, 눈 위에 있는 상처를 보면 흉이라기보다는 훈장처럼 느껴지는 것을 보면 말이다. 만약 그때 아무도 내 상처를 제대로 돌봐주지 않았더라면 어땠을까. 나는 내게 일어난 사고에 대해 분노하고, 억울해하다, 마음에까지 상처가났을 것이다. 그리고 그런 채로 안쓰러운 어른이 되어버렸을 것이다.

이제는 다 잊어버렸겠지만, 어린 날에 겪은 수많은 크고 작은 상처들이 있을 것이다. 그때는 아무도 상처를 발견하지 못했더라도 어른이 된 지금 내가 그

> 면 말이다. 만약 그때 아무도 내 상처를 제대로 돌봐
> 때의 상처를 어루만져줄 수는 있지 않을까. 나 그리
> 고 내 곁에 있는 사랑하는 사람에게 그런 상처가 있
> 진 않은지 돌아보는 것, 어른이 된 우리의 역할이다.

저는 김나영 씨의 일화에 제가 어렸을 적에 다쳤던 경험
을 연결하여 위와 같이 에세이를 마무리했습니다. 사람은
누구나 상처가 있기 마련이지만, 그 상처가 어떻게 생겼는
가보다는 어떻게 치유되었는지가 더 중요하며, 그 상처를
돌보는 것은 어른이 된 우리의 역할이라는 점이 바로 이
에세이가 말하고자 하는 주제입니다.

이처럼 '아는 사람의 모르는 이야기'와 나의 이야기를 자
연스럽게 연결하면, 나의 이야기만 전할 때보다 더 재미
있는 에세이를 쓸 수 있습니다. 또한 나의 경험만 전달하
면 언젠가 한계에 부딪히겠지만, 다른 이야기와의 연결은
무한히 가능하기 때문에 한계 없이 에세이를 쓸 수 있습니

다. 작가라면 항상 다른 사람들의 이야기에 귀를 기울여야
하는 이유입니다.

첫 키스하듯 퇴고하기

영화 〈첫 키스만 50번째〉는 단기 기억 상실증에 걸린 루
시와 그녀에게 첫눈에 반한 헨리의 사랑 이야기입니다. 제
목이 모든 것을 말해주듯, 루시는 매일 헨리와 처음 만난
사람처럼 사랑에 빠지고 그와 '첫 키스'를 합니다. 키스를
할 때마다 매번 첫 키스를 하듯 설렌다면 낭만적일지도 모
르겠지만, 그 뒤에서 고군분투하는 헨리의 고생은 이만저
만이 아닙니다. 영원한 사랑을 외치다가도 잠에서 깨어나
면 또다시 루시와 통성명부터 시작해야 하거든요.

저도 글을 쓸 때마다 첫 키스를 하는 것 같습니다. 글을
마무리할 때쯤이면 얼른 마침표를 찍고 쿨하게 노트북을
덮고 싶지만 그러지 못합니다. 왜냐하면 다시 첫 문장으로

되돌아가야 하거든요. 마치 처음 읽어본 사람처럼 다시 글을 찬찬히 읽어보며 물 흐르듯 읽히지 않는 부분은 없는지 살펴봅니다. 첫 키스를 하듯 완전히 새로운 감각과 시선에서요.

'조금만 더'를 외치며 애써 결승전까지 달려왔는데 다시 출발점으로 돌아가는 일은 때로 허무하게 느껴집니다. 그러나 확실한 것은 퇴고를 하면 할수록 글이 더 단단해진다는 겁니다. 아무리 훌륭한 작가라도 퇴고를 하지 않고서는 좋은 글을 쓸 수 없습니다. 완벽한 글을 썼다고 생각해도, 나중에 다시 보면 고칠 부분이 반드시 나오게 되어 있습니다. 글은 퇴고할수록 완성도가 높아지기 때문에 저는 최소 5번 이상은 퇴고한 후 글을 발행합니다. 출간되는 책의 경우 20번 이상 퇴고합니다.

퇴고하는 방법과 퇴고할 때 유의할 점은 여러 가지가 있지만, 다음 세 가지는 꼭 유의하여 실천해 보세요.

1. PC로 글을 썼다면 모바일로 다시 확인하기

저는 PC로 초안을 쓴 후, 마지막으로 퇴고할 때는 모바일로 합니다. PC에서 보이지 않던 오류가 모바일 화면에서는 더 쉽게 눈에 띄기도 하기 때문입니다. 특히 요즘에는 모바일로 글을 읽는 분들이 많기 때문에 모바일 화면에서 글을 읽을 때의 호흡에 맞추어 글을 수정하는 것도 좋은 방법입니다. 혹은 글을 출력해서 읽어보는 방법도 좋습니다. 중요한 것은, 한 편의 글을 다양한 각도로 바라보면서 마지막까지 더 나은 글로 만들어내는 것입니다.

2. 소리 내어 읽어 보기

맛깔나게 글을 쓰는 방법 중 하나는 '말하듯이 쓰는 것'입니다. 쓴 글을 직접 소리 내어 여러 차례 읽어보면 자연스럽지 않거나 뚝 하고 끊기는 듯한 느낌이 드는 부분이 있습니다. 바로 그 부분을 수정해야 합니다.

글을 쓰다 보면 자기도 모르는 사이에 잘 써 보이려는

욕심이 들어 어려운 말을 골라 쓰곤 합니다. 예를 들어 '도둑을 맞았다'를 '도둑이 침입했어'라고 쓰는 것이죠. 하지만 저는 어려운 내용을 어린이도 이해할 수 있을 만큼 쉽게 풀어서 쓸 수 있는 것이 진정한 글쓰기 능력이라고 생각합니다. 글을 쉽게 쓰는 방법은 말하듯이 쓰는 것입니다. 내가 쓴 글을 대본 삼아 누군가에게 이야기해도 어색하지 않다면, 완벽하게 퇴고를 마쳤다고 볼 수 있습니다.

3. 맞춤법 검사기 활용하기

심각한 맞춤법 오류는 글의 신뢰도를 떨어뜨립니다. 저는 타인이 쓴 글에서 '돼요'를 잘못 쓴 '되요'를 자주 발견하는데요. 기본적인 맞춤법이 틀리면 그 글이 담고 있는 모든 내용에 대한 신뢰를 잃을 수도 있습니다. 맞춤법에 자신이 없어도 괜찮습니다. 맞춤법 검사기를 활용해 틀린 맞춤법이 없는지 한 번 더 체크해 보는 것만으로도 글의 신뢰도를 높일 수 있습니다. 혹은 브런치에서도 맞춤법 검사

기 기능을 제공하고 있으니 맞춤법을 체크한 후 글을 발행

하는 습관을 가져보세요.

두 번째 기술
: 많은 사람이 읽는 글 쓰는 법

'다수'의 공감을 불러일으키기

2018년의 어느 날, 〈결혼식에 갔다가 또 울어버렸다〉라는 제목으로 쓴 브런치 글이 처음으로 포털사이트 다음의 메인 페이지에 노출되었습니다. 실시간으로 조회수가 폭발적으로 올라가는 모습을 보면서 신기하기도 하고 신이 나기도 했죠. 회사 동료의 결혼식에 갔다가 신부 아버지의 뒷모습을 보고 눈물을 흘렸던 경험을 에세이로 쓴 것이었는데요. 브런치는 왜 이 글을 메인 페이지에 노출시켰을까요? 10만 명에 가까운 사람들은 왜 이 글을 클릭했을까요?

결혼식은 특히 20~30대에서, 나아가서는 전 세대가 공감할 수 있는 주제입니다. 브런치의 주 이용자가 20~30대이니 딱 맞는 키워드였죠. 결혼식은 가장 행복한 날이지만 왠지 마음이 짠해지는 순간이기도 합니다. 남의 결혼식에서 눈물바람이면 주책이라는 것을 알면서도 저는 친구 결혼식에만 가면 그렇게 눈물이 납니다. 분명히 저처럼 결혼식에서 남 몰래 눈물을 훔치는 분들이 제목에 이끌려 제 글을 클릭하지 않았을까요?

이런 경험이 제게만 일어나지는 않았을 것입니다. 여러분들의 일상 속에는 이보다 더 반짝이는, 더 독특한 경험이 숨어 있을 것입니다. 단지 바쁜 일상에서 잊혔거나 묻혔을 뿐입니다. 사람들과 어떤 공감을 나눌 것인지를 생각하면, 노출이 될 만한 가치가 있는 글을 쓸 수 있습니다.

많은 독자의 공감을 불러일으키는 방법을 설명하기 위해 하나의 예시를 더 들어 보겠습니다. 〈10년 동안 책 670

권을 읽으면 일어나는 일〉은 2021년 8월에 쓴 글입니다. 이 글을 쓰고 있는 2024년 10월 기준으로 라이킷(좋아요) 3,544개, 댓글 312개, 누적 조회수 약 76만을 기록하고 있습니다. 어떻게 이런 폭발적인 반응이 일어났을까요? 어떻게 하면 이런 글을 쓸 수 있을까요? 독자분들이 달아 주신 댓글을 참고해 두 가지 방법을 정리해 봤습니다.

첫째, 사람들의 니즈를 파악해야 합니다. 독서는 새해 목표에서 절대 빠지지 않는 것 중 하나입니다. 도서 시장의 불황에도 여전히 책을 찾는 사람들은 존재하죠. 저는 약 10년 전, 취업을 준비하던 시기에 시간을 때울 요량으로 도서관에서 책을 빌려 읽기 시작했는데요. 어느 날 도서관 홈페이지에 들어갔다가 지금까지 대여한 책이 약 670권이라는 것을 발견했습니다.

10년과 670권. 저는 이 두 가지 숫자가 책을 읽고자 하는 분들께 분명히 자극이 될 수 있을 거라고 생각했습니다. 그래서 〈10년 동안 책 670권을 읽으면 일어나는 일〉이라는 제목의 글을 썼죠. 독자분들이 이 글을 읽고 '책을 읽고 싶어지는 자극제가 되었다', '나도 도서관 대여 카드를 만들어 야겠다'라는 댓글을 남겨 주신 것을 보면 제 글이 독서를 향한 마음의 방아쇠를 당겨 주었음을 알 수 있습니다.

비슷한 사례로 〈글을 잘 쓰는 비공식적인 방법〉이라는 글이 있습니다. 저는 글쓰기 모임을 운영하면서 글을 잘 쓰고 싶어 하는 분들이 점점 더 많아지고 있음을 체감했고, 글을 잘 쓰는 방법에 대한 글을 쓰면 많은 사람들이 클릭할 거라고 확신했습니다. 그런데 왜 '공식적인 방법'이 아닌 '비공식적인 방법'이라고 했을까요? 그 이유는 이미 글쓰기 방법론에 대한 콘텐츠는 무궁무진했기 때문입니다. 저보다 더 훌륭한 작가님들이 쓰신 책들이 서점에 깔려 있으니 시험 공부에 비유하자면 교과서는 이미 나와 있는 셈입니다.

저는 그와 다르게 기가 막히게 필기를 잘하는 친구가 알려주는 비밀 노트 같은 것을 전하고 싶었어요. 단기간에 효과를 끌어올려 주는, 어디서도 쉽게 찾을 수 없는 노하우 같은 것! 평소엔 교과서로 공부하지만 시험 벼락치기

할 때엔 공부 잘하는 친구의 노트가 더 궁금해지는 것처럼, 공식적인 것보다 비공식적인 것에 더 끌리기 마련이니까요. 저는 그것이 이 글을 읽어주신 2만 명의 독자와 500개의 '좋아요'를 눌러주신 분들의 니즈였다고 생각합니다.

둘째, 진정성을 담는 것입니다. 진정성은 추상적인 듯 보여도 금세 드러나는 부분입니다. 콘텐츠가 쏟아지는 시대에 살면서 독자들은 진정성 있는 콘텐츠와 포장만 그럴싸한 콘텐츠를 한눈에 판별할 수 있게 되었습니다. 만약 제가 670권을 일부러 대출해 숫자만 만들어 냈다거나, 책을 읽음으로써 얻게 된 것을 꾸며내서 적었다면 독자분들은 이만큼 큰 반응을 보내주지 않으셨을 것입니다.

글에 진정성을 담는 첫 번째 방법은 자기 경험을 적절하게 섞어서 글을 쓰는 것입니다. 저는 20대 때, 제가 좋아하는 작가들처럼 멋진 사람이 되고 싶었습니다. 책을 읽음으로써 그 꿈에 가까워졌고 마침내 책을 출간하는 작가가 될 수 있었습니다. 여행 에세이 작가가 되고 싶어 처음으로 혼자 템플 스테이를 떠난 적도 있습니다. 이후로 혼자

떠나는 여행의 묘미를 알게 되었죠. 저는 이와 같이 저만의 경험을 글에 적절히 녹여내어 진정성 있는 에세이를 만들 수 있었습니다.

글에 진정성을 담는 두 번째 방법은 증명하는 것입니다. 저는 도서관 홈페이지의 대출 이력을 캡처한 이미지를 글에 첨부했는데요. 가짜 정보가 판치는 시대에 증명할 수 있는 부분은 정확하게 보여줌으로써 신뢰를 얻는 것도 중요하다고 생각합니다. 또한 독자분들도 이해를 돕는 이미지가 있을 때 저의 이야기를 더 쉽게 받아들일 수 있습니다. 예를 들어 매일 30분씩 달리기를 하면서 겪은 변화에 대해 글을 쓴다고 하면, 매일 달리기 앱을 캡처하거나 매일 달라진 몸무게를 사진으로 기록하는 방법이 있겠죠. 많이 노출되는 글을 쓰기 위해서는 다수의 공감을 불러일으켜야 한다는 것을 잊지 마세요.

어떤 콘텐츠가 어디에 자주 노출되는지 염탐하기

지금 카카오톡 앱을 한 번 열어보세요. 우리가 자주 쓰는 '채팅' 탭 옆을 보시면 '오픈채팅' 탭이 보일 겁니다. 이전에는 어떤 탭이었는지 기억하시나요? '뷰'라는 탭이었습니다. '뷰' 이전에는 '#(샵)'이라는 이름의 탭이었고요.

카카오톡 앱 기획자도 아닌 제가 이것을 어떻게 기억하고 있을까요? 브런치 글을 발행한 후 통계 페이지를 확인하면 '기타'를 통해서 유입되는 트래픽이 있었습니다. '기타'라니, 너무 모호하잖아요? 대체 어디를 통해 독자들이 유입된 걸까 한참을 찾아보니 포털사이트 다음의 메인이거나 카카오톡의 '#' 탭에 제 글이 노출되어 있었습니다. 사람들은 다음 페이지나 카카오톡 '#' 탭을 열었다가 우연히 제 글을 발견하고 흥미로워 보여 클릭했겠죠.

글의 조회수가 높아지면 마냥 기뻐하기만 할 게 아니라 내 콘텐츠가 어디에 노출되고 공유되었는지 끈질기게 추적해 봐야 합니다. 저 역시 유입 경로를 살펴보지 않았더라면 제 글이 어떻게 성과를 냈는지 이해하지 못했을 겁니다. 저는 직장인으로서 직장 생활에 대한 글을 자주 썼기 때문에 포털사이트 다음의 '직장IN' 탭에도 글이 자주 노출되었는데요. '직장IN' 탭에 어떤 글이 노출되는지 분석한 것이 도움이 되곤 했습니다.

간간이 영화 리뷰도 썼기에 포털사이트 다음이나 '#' 탭의 영화 섹션에도 글이 자주 노출되었는데요. 영화나 공연은 시의성이 중요하므로 최신 영화와 공연에 대한 리뷰를 쓰면 노출이 될 확률이 높았습니다. 한 예로, 영화 〈기생충〉은 2019년 5월 30일에 개봉했는데요. 개봉하자마자 영화를 본 뒤, 〈누가 누구를 기생충이라고 욕하는가〉라는 제목으로 6월 1일에 리뷰를 발행했습니다.

이 글은 '#' 탭에 노출되었고, 제 글과 나란히 노출된 다른 글들을 보면 영화 〈기생충〉 혹은 비슷한 시기에 개봉된 영화 〈알라딘〉의 리뷰가 대부분이었습니다. 이처럼 영화 리뷰는 시의성이 살아 있을 때 쓰면 노출될 확률도 높아진다는 게 제 경험에 따른 결론입니다.

사실 매체 노출에는 정답이 없습니다. 포털이나 카카오톡 앱 지면의 구성과 기능도 자주 업데이트 되죠. 따라서 노출될 가능성이 있는 지면의 콘텐츠를 항상 관심있게 살펴보는 것이 좋습니다. 운이 좋게 매체에 노출이 됐다면 유입 경로를 끈질기게 추적하고, 매체에 노출된 화면을 캡처해 두세요. 이후에 기고나 강연 등의 활동을 할 때 포트폴리오에 유용하게 사용할 수 있으니까요.

세 번째 기술
: 눈에 띄는 매력적인 제목 짓는 법

멀리서도 눈에 띄는 스타벅스 간판처럼

어느 날, 장거리 운전을 하던 중에 커피가 몹시 마시고 싶었어요. 아무리 찾아봐도 카페가 보이지 않았고 이미 길을 지나친 후에야 발견해버렸죠. 그러다 갑자기 저 멀리 스타벅스를 상징하는 세이렌Siren 간판이 보였습니다. 그 순간 저는 마치 사막에서 오아시스를 발견한 기분이 들었습니다.

그후 유심히 살펴보니 스타벅스 간판은 다른 카페들의 간판보다 유독 어디에서나 눈에 잘 띈다는 것을 알게 되었습니다. 우리나라 커피전문점 수가 10만 개를 넘어섰지만, 스타벅스가 압도적으로 높은 매출을 내며 1위 자리를 지키고 있는 데에는 간판의 역할도 무시할 수 없다는 생각이 들었습니다. 특히 저와 같이 드라이브스루drive-through로 커피를 구매하는 사람들에게 간판의 역할은 더욱더 중요하겠죠.

글의 제목도 간판과 비슷합니다. 커피가 아무리 맛있어도 간판이 눈에 띄지 않으면 손님이 찾아올 수 없듯이, 글의 내용이 아무리 좋아도 제목이 눈에 띄지 않으면 읽힐 기회조차 얻을 수 없습니다. 따라서 제목을 지을 때에는 사람들의 눈에 잘 띄게, 제목만 보고도 어떤 내용을 담고 있는지 쉽게 이해할 수 있도록 지어야 합니다.

그러기 위해서는 무엇보다 구체적으로 쓰는 것이 가장 중요합니다. 제가 쓴 글 중에 〈삼성, 구글 직원들도 이직한다는 그곳에 이직했다〉라는 글이 있는데요. '리멤버' 앱을 운영하는 '리멤버앤컴퍼니'라는 회사에 입사했을 당시 쓴 글입니다. '좋은 회사에 이직했다' 혹은 '대기업 출신들도 다니는 곳에 이직했다'라고 쓸 수도 있겠지만 구체적인 회사명을 넣음으로써 더욱 사람들의 흥미를 유발하는 제목이 되었습니다(참고로, 이미 보도자료나 홈페이지를 통해 밝혀진 회사명만 썼기 때문에 문제되는 사항은 없었습니다).

또 다른 예로는 〈면접관이 된 내가 생각하는 면접 잘 보는 방법〉이라는 글이 있습니다. 오래도록 많은 사랑을 받고 있는 글 중 하나입니다. 면접을 본 경험이 있는 분들이라면 잘 아시겠지만 인터넷에 떠돌아다니는 면접 잘 보는 방법에 대한 글은 참 많습니다. 그런데 제가 쓴 글은 왜 유독 많은 사랑을 받았을까요? 저는 제목의 '면접관이 된 내가 생각하는' 부분 때문이라고 생각합니다. 아무리 경력이 많은 면접관이 글을 썼다고 하더라도 '면접 잘 보는 방법'과 같은 무난한 제목이라면 클릭을 유발하기 어렵습니다. 대신 실제 면접관이 쓴 글임을 강조하면 글의 신뢰도가 더 높아질 수 있습니다. 이처럼 글의 특징과 매력 포인트가 제목에 잘 드러날 수 있도록 구체적으로, 더 구체적으로 지어야 합니다.

'오랫동안'보다는 '16년 동안'

제목을 구체적으로 드러내기 좋은 방법은 숫자를 사용하는 것입니다. 양이나 횟수 등 숫자로 표현할 수 있는 것이 있다면 정확한 숫자를 넣어보세요. 제목을 보는 즉시 바로 이해할 수 있고, 신선함을 가미할 수 있습니다. 다음은 제가 숫자를 넣어 지은 제목들입니다.

10년 동안 책 670권을 읽으면 일어나는 일
출퇴근 왕복 3시간을 줄인 효과
30년 후 박수 받는 사람이 되는 방법
6년 동안 6곳의 회사에 다녀봤습니다
16년 동안 1,000회 이상 등산하면서 배운 것들
서른 둘, 작업실을 구했습니다

열 살 차이 나는 인턴과 함께 일한다는 것
메일을 보내고 5년 뒤에 일어난 일
글쓰기 모임은 겨우 여섯 번입니다
2쇄는 어떻게 찍어요?
20억을 버는 방법
82세 할아버지 사장님의 세탁소에서 생긴 일

위 제목들에서 숫자를 빼볼까요? 예를 들어 '16년 동안 1,000회 이상 등산하면서 배운 것들'을 '오랫동안 여러 차례 등산하면서 배운 것들'로 바꾸면 어떨까요? 밋밋하고 그다지 와닿지 않습니다. '오랫동안'과 '여러 차례'는 주관적이고 사람마다 느끼는 정도가 다르기 때문에 누군가는 '겨우 몇 개월 등산하고 여러 차례 등산했다는 거 아니야?' 하고 대수롭지 않게 생각할 수도 있습니다.

반면 16년 동안 1,000회 이상 등산을 했다고 하면 숫자 자체에서 느껴지는 오랜 경력과 많은 횟수가 더 강렬하게 느껴집니다. 저는 이 제목을 짓기 위해 실제로 제가 얼마나 등산을 해왔는지를 계산해 보았습니다. 고등학교 2학년 때부터 꾸준히 했으니 글을 쓴 시점으로 16년은 했을 것이고, 회사를 다닐 때에도 거의 매주 등산을 했지만 백수 시절에는 거의 매일 등산을 했으니 못해도 1,000회는 넘게 등산을 했다는 계산이 나왔습니다.

물론 저보다 훨씬 더 오랜 등산 경력을 가지신 분들도 많을 것입니다. 그분들에게는 제 숫자가 작은 숫자일 수도 있겠지요. 중요한 것은 큰 숫자냐 작은 숫자냐의 문제가 아닙니다. 얼마나 구체적인 숫자인가의 문제이지요.

장난인 듯 아닌 듯 말장난 하기

제 첫 번째 책《아무에게도 하지 못한 말, 아무에게나 쓰다》가 세상에 나올 수 있었던 것은 눈에 띄는 제목 덕분이었습니다. 하루에도 수백 개의 원고가 들어오는 출판사의 책임 편집님께서 이 제목에 이끌려 원고를 끝까지 읽었다고 하셨으니까요. 네 글자나 같지만 한 글자의 차이로 정반대의 뜻을 가지고 있는 '아무에게도'와 '아무에게나'가 함께 쓰이면서 제목이 담고 있는 의미를 맛있게 살려냈다고 생각합니다.

이러한 제목을 짓기 위해 별다른 방법이 있는 것은 아닙니다. 그냥 힘 빼고 말장난을 많이 해보는 수밖에요. 저는 평소 유행어도 쓰고, 줄임말도 쓰고, 웃기는 말도 많이 합니다. 솔직히 속된 말도 씁니다. 저희 언니는 자꾸 입에 옮겨붙는다고, 이상한 말 좀 하지 말라고 하지만 저는 그게 작가로서 꼭 나쁜 것만은 아니라고 생각합니다. 너무 힘을 주고 말을 하는 데 익숙해지면 모든 글과 제목이 딱딱하고 재미없어지거든요. 다음은 장난인 듯 아닌 듯한 말장난을 사용해서 지은 제목들 중 일부입니다.

술은 웬수지만, 시트콤이라는 장르를 만들곤 하지
O와 X 사이의 △ 없애기
글쓰기와 몸쓰기의 기브앤테이크
가까워지되 굳이 가까워지지는 말고

이상하다고 생각하면 머리가 이상해져요
더 격렬하게 아무것도 안 하고 싶은 속마음

저는 어떻게 하면 남들이 한 번도 쓰지 않은 제목을 지을 수 있을까 고민합니다. 술과 관련된 에피소드는 이 세상에 셀 수 없이 많겠지만 제가 지은 〈술은 웬수지만, 시트콤이라는 장르를 만들곤 하지〉라는 제목은 이 세상에 딱하나일 거예요. 〈가까워지되 굳이 가까워지지는 말고〉는 무슨 소린가 싶을 수 있지만 코로나 시기에 쓴 글이라는 설명을 덧붙인다면 왜 제목이 이렇게 지어졌는지 금방 눈치채실 수 있을 거예요.

유명한 베스트셀러 중에 《죽고 싶지만 떡볶이는 먹고 싶어》라는 에세이가 있습니다. 제목만 보면 누군가는 '뭔 소리야?', '장난하나?'라는 생각이 들 수도 있지만 실제로는 장난스러운 내용은 아닙니다. 오히려 자기 자신이 얼마나 힘든지도 모른 채 삶을 견뎌내고 있는 사람들에게 큰 사랑을 받은 책이죠. 누구나 한 번쯤은 죽고 싶지만 떡볶이는 먹고 싶은, 그런 이중적인 마음을 가져보곤 하니까요.

이처럼 너무 어렵게만 생각하지 마시고 친구와 말장난 하듯 가볍게 제목을 지어 보세요. 세계적인 기업 구글 google은 10의 100제곱을 뜻하는 '구골googol'을 실수로 잘못 써서 탄생하게 된 이름이고, '롯데Lotte'는 신격호 회장이 괴테의 소설 《젊은 베르테르의 슬픔》을 좋아해 등장인물의 이름 '샤롯데Charlotte'에서 따온 이름이라고 하죠. 제가 운영하고 있는 이메일 레터 '일하고 글 쓰는 사람들을 위한 레터'의 줄임말인 '일글레' 역시 카페에서 언니와 수다를 떨며 티슈에 끄적거리다가 나오게 된 이름입니다. 누가 아나요? 그렇게 탄생한 제 이메일 레터도 언젠가 어마어마한 대기업처럼 성공할지요.

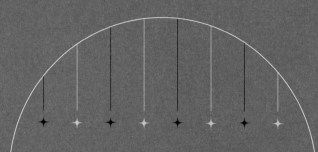

5장

베테랑 작가는
태도로 만들어집니다

첫 번째 태도
: 글쓰기 빌런이 되지 말자

"당신의 글 때문에 조직에 트러블이 생기고, 당신의 부족한 글쓰기 능력 때문에 다른 사람들까지 야근해야 한다면 그들과 당신이 진심 어린 신뢰관계를 형성할 수 있을까요?"

−김선, 《일 잘하는 사람은 글을 잘 씁니다》

직장인으로서 20년 넘게 글을 쓰고, 직장인들에게 글쓰기 솔루션을 제공하는 김선 씨는 책《일 잘하는 사람은 글을 잘 씁니다》에서 위와 같이 말합니다. 저 역시 일터에서 여러 유형의 글쓰기 '빌런villain'을 만났습니다. 빌런이란 악당이나 악역을 뜻하는 영어 단어인데요. 글 좀 못 쓴다고 악당이라니, 너무 과한 표현이 아닌가 싶을 수도 있지요. 하지만 동료가 쓴 글 때문에 밥 먹듯이 야근을 해야 한다거나, 공들여 진행한 프로젝트가 좋은 결과를 얻지 못하거나, 팀워크가 와해된다면 그리 과한 표현만도 아니라는 생각이 듭니다. 제가 만났던 세 가지 유형의 글쓰기 빌런들을 소개합니다.

유형 A '일단 다 집어넣고 보자'

A가 쓴 문서는 늘 백과사전처럼 빼곡하고 장수가 많았습니다. 처음엔 '준비를 많이 했나 보다'라고 생각했는데,

자세히 보면 그저 모든 내용을 다 집어넣기만 한 문서였어요. 내용이 너무 많아서 원하는 내용을 단번에 찾기 어려웠고, "그 내용은 어디에 있나요?"라고 물으면 "9페이지에 있잖아요."라며, A는 마치 읽는 사람이 꼼꼼히 찾아보지 않은 것처럼 답했습니다.

저는 A의 문서를 '모든 것이 다 들어 있지만 읽기 어려운 문서'로 분류했습니다.

유형 B '단팥 없는 단팥빵'

B와 이메일을 주고받을 때마다 고구마를 먹는 듯한 기분이 들었습니다. 모호한 표현이 난무해서 도대체 무엇을 요청하는 건지 이해할 수 없었고, 항상 핵심적인 항목들이 빠져 있었거든요. 열 번을 읽어도 이해되지 않는 문장을 이해하려 애쓰다가 결국 B의 자리로 찾아가는 일은 읽는 이의 몫이었습니다. 방금 보낸 이메일 내용이 무슨 뜻인지

물으면 B는 그제서야 구두로 설명했습니다.

이런 일은 늘 반복되었고 저는 B의 이메일을 '단팥 없는 단팥빵'으로 분류했습니다.

유형 C '오해하지 마세요'

C의 메시지를 받을 때마다 묘하게 비꼬는 말투와 책임을 전가하는 태도가 느껴져서 감정이 상했습니다. 제가 너무 예민하게 받아들이는 건가 싶었지만, 어느 날은 C의 메시지를 받고 도저히 이건 아니다 싶어 C에게 피드백을 주었습니다. 그러자 C는 그럴 의도가 없었다며 오해하지 말라고 답했습니다.

실제로 C의 의도가 무엇이든 간에 저 역시 C의 메시지는 '굳이 친절하게 답변하지 않아도 되는 메시지'로 분류했습니다. 저도 C가 오해하지 않길 바라면서요.

소개해 드린 세 가지 유형 외에도 일터에서의 부족한 글쓰기 능력은 다양한 형태로 나타납니다. 토론토대학교 심리학과 조던 피터슨 교수는 한 강의에서 "잘 쓴 에세이를 채점하는 것은 쉬운 일이지만, 못 쓴 에세이를 채점하는 것은 정말 어려운 일"이라고 말한 바 있습니다. 단어를 잘못 사용하고, 문구나 문장이 어딘가 이상하고, 문장의 순서가 뒤죽박죽 섞여 있고, 문단들이 서로 연결이 안 되는 등 못 쓴 글에는 각기 다른 문제가 얽히고설켜 있기 때문에 그 모든 것을 고치려면 엄청난 시간이 필요하죠.

며칠 만에 글쓰기 실력을 탈바꿈한 인턴 D

그렇다면 글쓰기 빌런은 어떻게 해야 글쓰기 실력을 높일 수 있을까요? 저는 단 며칠 만에 글쓰기를 완전히 탈바꿈한 인턴 사원을 만난 적이 있습니다. 저는 함께 일하던 인턴 D가 외부에 보낸 이메일을 보고 깜짝 놀랐습니다. D

가 외부에 보낸 첫 이메일이었는데, 저는 설마 그 정도로 수신자가 이해하기 어렵게 쓸 줄은 예상하지 못했거든요. 저는 D에게 앞으로 외부에 이메일을 보내기 전에 저에게 초안을 먼저 공유해 달라고 말했습니다.

D가 쓴 이메일 초안에 어떤 부분을 수정하면 좋을지 의견을 쓰다가 그냥 포기했습니다. 차라리 제가 처음부터 쓰는 게 더 편하고 낫겠다 싶었거든요. 제가 새로 쓴 이메일 내용을 D에게 전달했고, 다음부터는 이 이메일을 참고해 초안을 작성해 달라고 요청했습니다.

며칠 뒤, D가 저에게 보낸 이메일 초안을 보고 다시 한번 깜짝 놀랐습니다. D의 이메일 초안이 더 이상 수정할 부분이 없을 만큼 명료하고 깔끔해졌기 때문입니다. 단 며칠 만에 D의 글쓰기 실력이 좋아진 이유는 무엇이었을까요? 저는 태도라고 생각합니다. 자신이 쓴 초안의 문제점을 발견하고, 그것을 고쳐 쓰는 노력은 분명 실력이 아닌 태도입니다. 저는 D에게 앞으로 더 이상 저에게 초안을 공유하지 말고 바로 이메일을 발송하라고 말했습니다. D를 신뢰할 수 있게 되었으니까요.

저는 그 어떤 실력도 태도보다 앞설 수 없다고 생각합니다. 특히 글쓰기는 태도를 건너뛰고서는 절대로 실력을 만들 수 없는 분야죠. 앞에서 소개한 세 유형은 각자 빌런이 된 이유는 다르겠지만, 글쓰기 실력을 높이는 방법은 같습니다. 읽는 사람을 먼저 생각하는 태도만 갖춘다면 적어도 글쓰기 빌런이 되지는 않을 겁니다.

두 번째 태도
: 배움을 멈추지 않는 사람이 되자

엄마가 몇 년 전부터 무언가를 깜빡 잊을 때마다 걱정을 합니다. 베란다에 나갔다가 '내가 뭐 하려고 나왔더라?' 하고 이유를 잊어버렸을 때라든지, 냉장고에 넣어둔 음식을 오래도록 깜빡하고 먹지 않았다든지 그럴 때 말이죠. 사실, 제가 보기에 엄마의 깜빡거림은 저와 크게 다르지 않은 정도입니다. 오히려 제가 잊고 있던 제 스케줄까지 섭렵하고 있을 정도이고, 엄마가 일을 시작하면서 새롭게 생긴 일만큼 당연히 기억 속에 잊히는 부분들도 많아졌을 뿐이죠. 젊은 제 나이 때에는 무언가를 잊어도 '아, 깜빡했다' 하고 말 일이지만 엄마에겐 그냥 웃고 넘길 일이 아닌 모양입니다.

"진짜 심하게 깜빡거리면 그땐 일 그만둘 거야."

엄마가 일을 그만두는 기준은 깜빡거림입니다. 지금보다 더 심하게 깜빡깜빡하면 일을 그만둘 거라고 말합니다. 남에게 죽어도 피해는 끼치고 싶지 않은 엄마의 성격이 묻어납니다.

정말로 일을 그만두어야 하는 때는 언제일까요? 친구들과 퇴근 후 술 한 잔 기울일 때마다 앞으로 우리가 살아온 날보다 더 긴 시간을 일해야 하는 게 끔찍하다고 하소연했지만, 사실은 그게 소원이기도 합니다. 나이가 들어도 쓸모 있는 사람이 되고 싶고, 하루하루 의미 있는 일을 하며 시간을 보내고 싶기 때문이지요. 하지만 엄마의 기준처럼 누군가에게 피해를 주거나 일을 잘 해내지 못하는 때가 온다면 그땐 일을 그만두어야 할 텐데, 과연 그 타이밍을 어떻게 알아볼 수 있을까요?

25년 넘게 라디오 DJ를 하고 있는 양희은 씨가 언제까지 라디오 일을 할지가 고민되어 선배인 전유성 씨에게 고민을 털어놓았습니다. 그랬더니 전유성 씨가 이렇게 말했다고 합니다.

"뭘 몇 살까지 하겠다는 계획을 해? 그냥 해! 단 하나, 나이 든 사람이 방송하면 말투가 꼭 한문 선생님 같아지는데, 자꾸 사람을 가르치려고 들면 그땐 그만둬. 아직 그런 투는 안 붙었어. 그럼 계속하는 거지."

일리가 있습니다. 예전만큼 많은 사람들이 라디오를 듣지 않지만, 라디오는 여전히 사람 냄새나는 사람들의 이야기가 가득한 따뜻한 매개체입니다. 특히 가게에서 장사를 하는 분들이나 운전 기사님들이 라디오를 많이 들으시는데, 어느 라디오 DJ가 나와서는 인생을 가르치려는 말투로 말한다고 상상하면 정말 듣기 싫을 것만 같습니다. 라디오 DJ가 일을 그만두어야 하는 타이밍이 사람을 가르치려고 들 때라면, 작가가 일을 그만두어야 할 타이밍은 언제일까요? 저는 배움을 멈췄을 때라고 생각합니다.

한 편의 글을 쓰려면 한 권 이상의 책이 필요할 때도 있고, 두세 권의 책이 필요할 때도 있습니다. 또한 여행이 필요할 때도 있고, 새로운 사람을 만나는 기회와 새로운 일에 도전할 용기가 필요할 때도 있습니다. 배움은 이 모든 활동을 통해 일어나는데, 이 활동이 멈추면 당연히 글도 나오지 않습니다. 물론 배우지 않아도 나올 수야 있겠지만 그 글이 독자분들께 얼마나 의미 있게 다가갈지는 의문입니다. 배우는 만큼 좋은 글이 나온다고 믿기에 저는 배움을 멈출 수 없습니다. 언젠가 배움을 멈춘다면, 그때가 바로 작가를 그만두어야 할 때가 아닌가 생각해 봅니다.

세 번째 태도
: 시간이 없다는 거짓말은 하지 말자

.

한국 최초로 칸 영화제에서 황금종려상을 수상한 영화 〈기생충〉에서 가정부 국문광 역을 맡은 배우 이정은 씨는 칸 영화제에 참석해 유창한 영어 실력으로 인터뷰를 해 화제가 된 적이 있습니다. "봉준호 감독과 함께 일하는 것이 어땠는가?"라는 갑작스러운 기자의 질문에, 그녀는 당황한 기색도 없이 유려하게 영어로 답변을 했는데요. 통역가에게 맡길 수도 있었겠지만, 직접 자신의 생각을 이야기하는 그녀의 눈빛은 그 어떤 주인공보다 빛이 났습니다.

알고 보니 그녀는 오랜 무명 생활로 인해 단칸방 연습실에서 지내면서도 전화 영어를 놓지 않았다고 합니다. 언젠가 세계적인 배우가 된다면 영어로 인터뷰를 할 기회가 찾아올 거라고 생각했던 거죠.

어떤 일이든 눈앞에 닥치지 않으면 절실함을 느끼기가 어렵습니다. 1년 후 내가 세계적인 배우가 될 거라는 확신만 있다면 영어 공부를 열심히 할 수도 있겠죠. 하지만 당장 먹고살기도 힘든 와중에 3년, 5년, 아니 10년 후에도 세계적인 배우가 될 수 있을지 알 수 없다면 영어 공부에 돈과 시간을 투자하긴 어려울 겁니다. 저는 이정은 씨가 세계적인 배우가 될 수 있었던 건 훌륭한 연기력도 연기력이지만, 어떠한 상황에서도 포기하지 않고 미래를 준비하는 태도 덕분이지 않았을까 생각해 봅니다.

독서도 영어 공부와 비슷한 점이 많습니다. 당장 오늘 책을 읽는다고 해서 일상에 큰 변화가 느껴지지 않기 때문에 졸린 눈을 비비고 책을 펼치기란 쉽지 않죠. 앞에서 배우 이정은 씨를 예시로 들었지만, 제가 약 15년간 책을 꾸준히 읽은 이유를 이정은 씨의 뚝심에 비하긴 부끄러워요. 저는 백수 기간 동안 할 일이 없어서 돈 들이지 않고 시간을 보내는 법을 찾다 책을 읽기 시작했고, 취업을 한 후에는 긴 통근 시간을 버티기 위해 책을 읽었습니다. 그런데 책을 읽다 보니 조금씩 변화가 찾아왔습니다. 한 권의 책을 읽자 다른 책이 읽고 싶어졌고, 한 번도 관심을 가지지 않았던 분야가 궁금해졌습니다. 그렇게 다방면의 지식과 지혜가 쌓이면서 제 세상이 전보다 확연히 넓어진 겁니다.

그 변화의 증거는 지금까지 써온 글입니다. 제가 보기에도 형편없었던 글이 독서의 양이 쌓이는 만큼 읽어줄 만한 글로 성장했어요. 책을 읽기 시작한 15년 전, 출간 작가가 될 거라는 확신은 전혀 없었어요. 물론 출간 작가가 되려는 마음으로 책을 읽기 시작한 것도 아니고요. 다만, 우물 안 개구리에서 벗어나고 싶다는 절실함은 있었습니다. 돈은 없어도 시간은 많은 제가 우물 안에서 벗어나기에 가장 좋은 방법은 독서였지요.

직장 생활을 하는 동시에 1,000권이 넘는 책을 읽으면서 확신이 들었습니다. 책 읽을 시간이 없다는 건 순 거짓말이라는 것을요. 사람들은 보통 독서라고 하면 조용한 곳에서 혼자 해야 하는 일이라고 생각하지만, 직장인이 그런 환경을 마련하려면 일주일에 한 번도 어려울 거예요. 따라서 저는 틈새 시간에 독서를 끼워 넣는 방법을 추천해 드립니다. 이를 테면 저처럼 출퇴근하는 지하철 안에서 책을 읽거나, 주말에 약속이 있을 때 30분 먼저 카페에 나가서 책을 읽거나, 운동을 할 때 오디오북을 듣는 방법이 있습니다. 그럼에도 불구하고 책 읽을 시간이 없다면, 독서로 얻고자 하는 절실한 이유를 찾아보세요. 우물 안 개구리에서 벗어나고 싶다는 저의 절실한 이유처럼요.

확신이 서야 절실함이 생기는 자는 절실함으로 확신을 만드는 자를 이길 수 없습니다. 영어 공부를 할 시간이 없다는 건 저의 순 거짓말입니다. 요즘은 잠들기 전 약 10분 동안 앱을 이용해 영어 공부를 하는데요. 어제도 그 10분이 없다고 거짓말을 하곤 잠에 들었네요. 반성합니다.

네 번째 태도
: 기록하고 싶은 게 많은 사람이 되자

2020년부터 약 2년간 중앙일보 '폴인'에서 책을 읽고 인사이트를 뽑아 독자들에게 소개하는 아티클을 썼습니다. 초반에는 700페이지가 넘는 두꺼운 책을 2주 내내 읽고 1주일 동안 글을 쓰느라 한 아티클을 쓰는 데 거의 3~4주가 걸렸습니다. 남는 장사가 아니었죠. 그런데 이것도 주기적으로 하다 보니 나름의 요령이 생기기 시작했습니다. '메모의 기술'을 터득한 것이죠.

저는 책을 읽을 때 맨 앞 페이지에 포스트잇을 붙여놓고 주요 문장과 핵심 키워드를 메모해 둡니다. 공통된 내용이나 연결고리가 있는 것들을 묶으면서 읽으면 아티클을 쓸 때 훨씬 더 수월해지죠. 워드의 흰 바탕에 미리 메모해둔 3개의 핵심 키워드를 먼저 큰 글씨로 넣고, 각 하단에 책에서 발췌한 문장과 연결고리로 묶어놓은 내용을 넣으면 원고의 뼈대가 금세 완성됩니다.

지금까지 제가 다작을 할 수 있었던 요인은 메모입니다. 스쳐 지나가는 생각들을 메모로 남겨두지 않고 흘려보냈다면 글로 탄생할 수 없었을 테니까요. 그렇다면 메모할 때 유의해야 할 점은 무엇이 있을까요?

첫째, 메모는 많으면 많을수록 좋습니다. '나는 정말 핵심적인 아이디어만 메모할 거야!'라고 생각하기보다는 떠오르는 모든 생각을 메모로 남겨보세요. 잡생각도 좋습니다. 그 메모들 가운데서 좋은 아이디어를 선별하면 되는 거니까요. 저도 처음에는 핵심적인 아이디어만 메모하겠다는 마음으로 책을 읽었는데, 그러면 메모장에 남는 아이디어가 한두 개뿐이더라고요. 반면 떠오르는 생각을 메모지에 마구 채워 넣다 보면 더 좋은 아이디어가 풍부하게 발산되었습니다. 책 한 장을 읽더라도 이 한 장에서 내가 글감을 발견하겠다고 마음을 먹으면 반드시 나오게 되어 있습니다. 아무리 책을 읽어도 메모할 만한 좋은 아이디어나 글감이 나오지 않는다면, 그것은 의지의 문제일 확률이 높습니다.

둘째, 언제 어디서든 메모할 수 있도록 메모장을 소지해야 합니다. 저는 문득 떠오르는 아이디어나 글감이 있으면 바로 휴대폰의 메모장이나 카카오톡 나와의 채팅방 혹은 브런치 작가의 서랍에 메모해 둡니다. 처음에는 작은 메모장을 들고 다녀보기도 했는데 가방을 자주 바꿔 메다 보니 메모장을 깜빡 잊고 갖고 나오지 않는 경우가 많았어요. 덜렁대는 성격 탓에 메모장을 잘 잃어버리기도 했지요. 하지만 휴대폰은 언제 어디서나 항상 소지하고 있으니 아이디어가 떠오를 때마다 바로 메모할 수 있다는 장점이 있습니다.

셋째, 책에서 좋은 문장을 발견했다면 그 문장을 메모해 두었다가 악착같이 에세이에 활용하세요. 저는 좋은 문장을 수집하기 위해 1) 책을 읽고, 2) 좋은 문장을 메모장에 기록하고, 3) 구글 시트에 옮겨 적고, 4) 그중에서도 가장 좋은 부분을 강조하는 4단계의 과정을 거쳐 진액만 남겨 놓는데요. 이렇게 공들여 수집한 문장을 어떻게 에세이에 활용할 수 있을까요?

한 예로, 저는 《부자 아빠 가난한 아빠》라는 책에서 "다른 사람들보다 나 자신을 바꾸는 것이 훨씬 쉽다."라는 문장을 발견하고 기록해둔 적이 있습니다. 그리고 어느 날, tvN 〈유 퀴즈 온 더 블록〉을 보다가 모델 최현준 씨의 사연을 접했을 때 이 문장과 연결해 보면 좋겠다는 생각이 떠올랐죠.

최현준 씨는 학창 시절에 친구들보다 키도 작고 왜소해서 아주 심한 왕따를 당했다고 합니다. 친구들에게 무시를 당하지 않기 위해 선택한 것은 공부였습니다. 하루에 잠을 자는 시간 빼고 18시간을 공부에 매진할 정도로 성적에 대한 압박감은 심해졌고 살은 20킬로그램 가까이 빠졌습니다. 그만큼 최현준 씨에게 공부는 유일한 지푸라기였던 것이죠.

그런데 저는 《부자 아빠 가난한 아빠》의 문장을 보면서 지금의 최현준 씨를 멋진 모델로 만든 것이 바로 공부라는 생각이 들었습니다. 따라서 저는 최현준 씨의 이 사연과 책에서 발견한 문장을 인용하여 〈유독 일이 술술 잘 풀려 보이는 사람〉이라는 에세이를 썼습니다.

> 무시를 당하지 않기 위해 선택한 것은 공부였다. 하루에 잠을 자는 시간 빼고 18시간에 공부에 매진할 정도로 성적에 대한 압박감은 심해졌다. 살이 20kg 가까이 빠졌다. 그만큼 공부는 현준에게 유일한 지푸라기였던 것이다. 그런데 나는 지금의 강한 현준을 만든 것이 바로 공부라고 생각한다. 다시 떠올리고 싶지도 않을 만큼 당시에는 무척 고통스러운 상황이었지만 남을 탓하거나 자책에 빠져 있는 대신, 공부로 자신을 바꿔냈기 때문이다.
>
> "다른 사람들보다 나 자신을 바꾸는 것이 훨씬 쉽단다."

–로버트 기요사키, 《부자 아빠 가난한 아빠》 중에서

사실 바뀌어야 할 사람은 현준이 아니라 현준을 왕
따 시킨 못된 친구들이었지만, 현준이 친구들의 악
행을 멈추는 건 불가능에 가까운 일이었을 것이다.
바꿀 수 없는 것이 아니라 바꿀 수 있는 것에 몰두하
여 원하는 목표를 이루어낸 경험은, 앞으로 현준이
모델로 성장하는 데 어디선가 반드시 중요한 작용을
할 것이다.

《퍼펙트 스톰》《파이어》 등을 발표한 〈뉴욕타임스〉 베스트
셀러 작가 세바스찬 융거는 논픽션 분야에서 글이 잘 써지
지 않는다는 건 작가의 벽에 부딪혀서가 아니라 리서치의
부족이라고 말합니다. 리서치가 부족한 문제를 언어로 풀려
고 하기 때문에 글쓰기가 괴로운 노동이 된다고 말이죠.

훌륭하고 유명한 다른 작가가 쓴 문장을 나의 에세이에
인용하면, 단순히 나의 의견이나 경험만 전달할 때보다 글
의 신뢰도가 더욱 높아지는 효과를 얻을 수 있습니다. 좋

은 문장을 발견했다면 메모해 두었다가 정확한 출처를 밝히며 자신의 에세이에 활용해 보세요.

다섯 번째 태도
: 프로답게 일하고 프로답게 글쓰자

저의 첫 월급은 200만 원이 채 안 되었습니다. 격주 토요일 출근에, 매일 법정 근로 시간이 넘도록 일하면서도 월급은 늘 200만 원이 안 되었어요. 그 회사에서는 오래 지나지 않아 퇴사를 했고, 다음 회사로 이직할 때 제 연봉은 1,000만 원이 더 높아졌습니다.

첫 회사에 다닐 때 월급이 적은 것이 불만이긴 했지만 단 한 번도 월급이 적으니까 일도 적게 하겠다고 마음먹은 적은 없었습니다. 오히려 나중에 이직해서 연봉을 더 많이 받은 회사보다 첫 회사의 근로 시간이 더 길었죠. 마찬가지로 연봉이 더 높아진 이후에도 '월급이 많아졌으니까 일을 더 많이 할 거야'라고 생각한 적도 없습니다. 나의 자리에서 할 수 있는 최선을 다할 뿐, 받는 돈의 크기에 따라 제가 가진 최선의 크기를 좌우하진 않았습니다.

김성근 야구 감독이 말했죠. "돈을 받는다는 건 프로라는 것"이라고. 돈을 받는 선수라면 시합에서 이겨야 하고, 시합을 봐주는 관중들에게 즐거움을 안겨줘야 한다고. 그의 말처럼 얼마를 받든 간에 직장인은 모두 프로입니다. 프로라면 매 순간 프로의식을 갖추어야 하죠.

제가 PR 담당자로 처음 일을 시작하고 회사의 중요한 행사의 사진을 찍는 역할을 맡은 날이었습니다. DSLR 카메라를 다뤄본 적이 없어서 무척이나 긴장되고 부담스러웠어요. 행사가 끝난 뒤, 집으로 돌아가는 길에 찍은 사진들을 확인하다가 그만 눈물이 터지고 말았어요. 찍은 사진들이 죄다 수평이 안 맞아 보였거든요.

입사한 지 얼마 안 되었던 때라 제 실수가 회사에 들통

날까 봐 너무 걱정됐어요. 그런데 그때 포토샵을 다룰 줄 아는 친구가 생각났습니다. 친구에게 전화를 걸어 사정을 설명하자 친구는 사진들을 보정해 보내주었고, 덕분에 다음날 아침 공식 SNS에 사진을 잘 활용할 수 있었어요. 한시름 마음을 놓은 저는 당시 믿고 따르던 상사분께 이 사실을 고백했어요. 그런데 보정 전의 사진을 본 상사의 대답이 놀라웠어요. "보정 전 사진도 나쁘지 않은데요?"

그때 깨달았습니다. 기술적으로 프로가 되는 것보다 더 중요한 건, 어떻게든 더 좋은 결과물을 만들겠다는 프로 의식을 갖추는 것이라고.

프로 의식은 글쓰기로 제2의 수입을 만들기 시작하면서 더 많이 필요해졌습니다. 저는 한 권의 책을 읽고 요약하는 콘텐츠를 만들어 기고를 했는데요. 한 권의 책을 읽는데 사나흘이 걸리고, 책에서 중요한 부분을 발췌하고 요약하는데 하루, 그것을 원고로 완성하는데 이틀이 걸립니다. 게다가 수정 요청이 들어오면 수정하는데 또 하루가 걸립니다. 최소 일주일이 걸리는 작업임을 감안할 때, 원고료는 사실상 최저 시급에도 한참 미치지 못하죠. 그럼에도 불구하고 저는 기고를 2년 넘도록 지속했습니다. 이건 곧 저의 원고가 원고료보다 더 큰 가치가 있다는 뜻이기에 자신감이 생겼습니다. 그 자신감을 바탕으로 더 많은 강연과 기고의 기회를 찾아 나설 수 있었죠.

2022년 6월, 제가 울산 장생포 아트스테이라는 곳에서 글쓰기 강연을 한 이유도 같습니다. 사실 이 강연 요청을 받았을 때 경기도민으로서는 거리에 대한 부담감이 너무 커 정중히 거절하려고 했어요. 게다가 저녁 늦은 시간에 진행되어서 하룻밤을 묵고 오기까지 해야 했죠. 왕복하는 시간과 숙소 비용만 생각한다면 오히려 손해 보는 장사입니다. 하지만 저는 약간의 고민 끝에 가겠다고 말씀드렸습니다. 돈의 크기가 아닌 기회의 크기를 봐야 한다고 생각했기 때문이죠.

이날 강연은 지금까지 스스로 가장 잘했다고 손꼽는 글쓰기 강연입니다. 낯선 환경과 생각보다 많은 청중분들 앞에서 이야기를 하다 보니 긴장도 되었지만 제가 준비했던 모든 이야기를 아쉬움 없이 다 해냈고, 예상치 못한 질문에도 제가 드리고 싶은 답변을 다 드렸기 때문입니다. 아마도 울산으로 향하는 KTX 안에서 수도 없이 반복해 시뮬레이션을 해본 것이 큰 도움이 되지 않았을까 싶어요. 이 경험은 앞으로 제가 더 큰 강연을 해나가는 데 든든한 자산이 될 거라고 믿습니다.

열정페이를 받고도 프로처럼 일을 해야 한다는 말은 아닙니다. 제가 회사를 결정할 때 가장 우선으로 두는 기준은 아무리 멋진 말로 꾸며봐도 연봉이고, 저는 작가로서도 큰돈을 벌어보고 싶은 꿈이 있는 사람입니다. 그러나 우리의 최선을 돈의 크기에 따라 움직이지는 말자는 말입니다. 적게 받는다고 해서 그만큼만 일하면 절대로 프로가 될 수 없습니다. 그 모든 기록이 나의 커리어가 되고, 기회의 씨앗이 되니까요. 확실한 건 얼마를 받든 간에 프로의식을 갖고 일을 하다 보면 정말 돈도 많이 받는 프로가 될 수 있다는 것입니다. 세상의 모든 프로님들, 오늘도 우리 프로답게 일해보자고요.

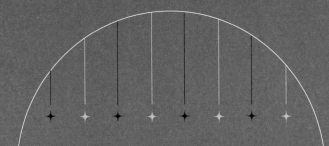

6장

글쓰기는 돈이 됩니다

내 책을 서점에서 만나고 싶다면,
출간

베스트셀러가 되지 않는 이상, 출간 그 자체만으로 많은 수익을 얻기는 어렵습니다. 하지만 출간은 그 작가가 어떤 작가인지를 보여주는 '명함'과 같은 역할을 합니다. 즉, 작가로서 다양한 활동을 해나가는 데 있어 출간의 경험은 매우 중요하다고 생각합니다. 한 권의 책을 만들 수 있을 만큼의 전문성을 갖고 있는가, 자신의 글을 하나의 책으로 묶어낼 기획력을 갖고 있는가, 사람들이 돈과 시간을 지불하고 구입할 만한 가치 있는 글을 쓰는가 등 한 권의 책을 통해 작가의 전반적인 자질을 평가할 수 있기 때문입니다.

책을 출간하는 방법은 크게 세 가지 정도가 있습니다. 출판사에 투고를 하거나, 출판사로부터 제안을 받거나, 독립 출판을 하는 것입니다. 세 가지 방법 중 어느 것 하나 쉬운 것은 없지만, 자신만의 이야기를 담은 원고만 있다면 불가능할 것도 없는 일입니다.

1%의 확률, 출판사에 투고하기

2018년 가을, 1년 동안 브런치에 써온 글을 모아 약 50곳의 출판사에 투고를 했습니다. 출간 이력도 없고 딱히 프로필이랄 것도 없었기 때문에 당연히 연락이 올 거라는 기대는 크게 없었죠. 기대는 없어도 실행은 하는 불도저인지라 투고를 해놓고 연락을 기다리던 어느 날, A 출판사에서 긍정적 답변을 전해왔습니다. 제 브런치 글 몇 편을 단숨에 읽으셨다며, 아직 출간에 대한 확신은 없지만 한 번 만나보고 싶다고요.

회사에 반차를 내고 합정역 근처에 있던 출판사에 찾아가 미팅을 했습니다. 그곳에서 나름 열심히 제 글을 홍보했던 것으로 기억합니다. 그 후 한 달도 되지 않아 정식으로 출간 제안 메일을 받았습니다. 2019년 5월, 그렇게 제 첫 책이 세상에 나왔습니다. 이미 원고가 어느 정도 완성되어 있었으니 책이 출간되기까지 그리 오랜 시간이 걸리지 않았죠.

출판사에 원고를 투고하여 출간될 확률이 1%라고 합니다. 아무리 좋은 원고를 갖고 있다고 하더라도 출판사의 방향과 맞지 않으면 선택되기 어렵다는 뜻일 겁니다. 출판사 담당자분과 미팅을 하면서 알게 됐는데, 제 첫 번째 책은 독특한 제목 '아무에게도 하지 못한 말, 아무에게나 쓰다'가 눈에 띄는 데 큰 역할을 했다고 합니다. 따라서 저는 어떤 글을 쓸 때든 제목을 가장 중요하게 생각하고 오래도록 고민합니다.

또한 저는 이미 거의 모든 원고가 완성된 상태였기 때문에 출판사에 투고할 때 원고 전체와 함께 A4 용지 2~3장 분량의 출판 기획서를 함께 보냈습니다. 출판 기획서에는 제목(가제), 분야, 작가 소개, 기획 의도, 예상 독자, 핵심 콘셉트, 경쟁 도서, 차별화 요소, 목차를 담았는데요. 앞에서도 강조했듯이 눈에 띄는 제목이 중요하고, 그 다음으로 작가 소개도 매우 중요한 부분입니다.

특히 요즘과 같은 디지털 미디어 시대에는 SNS 영향력을 가진 작가라면 마케팅 파워가 강하기 때문에 플러스 요인이 될 수 있습니다. SNS 영향력이 없다면 자신이 가진 경력 중에 책과 연관지어 어필할 수 있는 부분을 최대한 어필해 주세요. 저는 당시 작가로서 경험이 많지 않았기에 3년간의 회사 경력, 짧게나마 아동 출판사를 다니며 동화를 써본 경험, 브런치 글의 일일 조회수가 5만을 넘어본 경험 등을 어필했습니다. 눈에 띌 만한 모든 것을 총동원해야 합니다.

각 출판사의 홈페이지에 들어가서 투고 방법을 확인하고 투고할 출판사의 리스트를 만들어보세요. 투고 기능이 있는 경우 홈페이지 내에서 투고하면 되고, 그렇지 않을 경우 보통 원고를 보낼 이메일 주소가 안내되어 있습니다. 작은 출판사의 경우 홈페이지 없이 운영되기도 하니 각 출판사의 공식 SNS를 꼼꼼히 확인해 보시길 바랍니다.

공개적으로 글 쓰고 출간 제안 받기

출판사로부터 제안을 받는 방법은 저의 선택지에서 늘 빠져 있었습니다. 의지보다는 우연에 가까운 일이니까요. 브런치 글을 읽다 보면 종종 출판사 관계자로부터 출간 제안을 받았다는 소식이 들려왔지만, 첫 번째 책이 출간된 것만큼이나 큰 행운이 필요한 일임을 알기에 부럽다기보다는 그 행운에 '좋아요'를 누르는 것으로 축하의 마음을 전했죠.

첫 책을 출간한 이후 2021년의 어느 날, 써낸 글들을 취합하고 어떻게 묶어내면 좋을지 고민하던 차에 B 출판사로부터 한 통의 제안 메일을 받게 되었습니다. 제가 브런치에 쓴 한 편의 글을 인상 깊게 읽으셨다며, 저와 함께 책을 내고 싶다는 메시지가 담겨 있었습니다.

2022년을 하루 앞두고 B 출판사와 두 번째 책 계약서를 썼습니다. 계약서에 서명을 하고 나서 생각해 보니 어쩌면 제안을 받는 방법 또한 어느 정도는 제 의지로 만들어낸 것이 아닐까 하는 생각이 들었습니다. 첫 번째 책을 출간하고도 계속해서 꾸준히 브런치에 글을 쓰고, 두 번째 책을 출간하고 싶다는 간절한 마음이 있었기 때문에 출판사 담당자분의 눈에 띌 수 있었을 테니까요.

어떤 분이 저에게 "어떻게 하면 책을 출간할 수 있나요?"라고 질문하신 적이 있습니다. 아직 원고를 쓰지 않은 상황이라고 하셔서 브런치에 글을 써보라고 말씀드렸더니, 본인의 글이 도용될까 봐 두려워서 공개적으로 글을 쓰고 싶진 않다고 하셨습니다.

저는 100% 다 드러내지 않더라도 일부라도 공개적으로 글을 쓰는 것을 권유합니다. 아무리 글을 잘 쓰는 사람이라도 독자의 피드백 없이는 성장할 수 없고 좋은 기회를 만날 수도 없기 때문입니다. 저도 5년 전에 쓴 글을 읽으면 쥐구멍에 숨고 싶어집니다. 5년 뒤 지금 쓴 글을 보면 또 쥐구멍에 숨고 싶어지겠죠. 하지만 그것이야말로 계속해서 글쓰기 실력이 늘고 있고, 작가로서도 성장하고 있다는 증거 아닐까요? 세상에 내 글을 보여줘야 제안을 받을 기회도 찾아온다는 것을 기억하세요!

혼자서도 할 수 있어요, 독립 출판

요즘은 자가 출판을 도와주는 서비스가 많아져서 예전보다 쉽게 혼자서도 출판을 할 수 있게 되었는데요. 책의 종이 재질부터 디자인, 특히 홍보까지 혼자서 모든 것을 판단하고 책임져야 하는 것은 결코 쉽지만은 않습니다. 하지만 이 모든 일들을 혼자 감당해서라도 책을 만들고 싶다면 독립 출판이라는 방법을 선택할 수 있습니다.

2022년 4월, C 출판사에서 자가 출판을 하신 분들을 대상으로 글쓰기 강연을 진행한 적이 있는데요. 수강하신 분들 중에 굉장히 다정해 보이는 부부가 계셨는데, '행복한 부부 생활'에 대한 책을 본인의 비용을 부담하여 출간하셨다고 했습니다. 이처럼 출간하기를 원하는 주제가 있다면 꼭 출판사를 통하지 않더라도 직접 책을 만들어 낼 수도 있습니다.

혹은 텀블벅, 와디즈와 같은 펀딩 서비스를 이용해 후원을 받는 형태로 진행하는 방법도 있습니다. 펀딩 서비스는 제작에 드는 비용 부담을 덜 수 있다는 장점이 있습니다. 펀딩 서비스를 통해 자신이 제작하고자 하는 물건 혹은 서비스를 사람들에게 알린 뒤, 목표한 금액 이상을 사람들이 후원(결제 예약)하면 그 비용으로 제작을 진행할 수 있기 때문입니다.

이 책 역시 텀블벅에서 펀딩을 받아 제작된 전자책으로부터 시작되었습니다. 펀딩을 준비할 땐 사실 긴가민가했어요. 과연 원고가 완성되지도 않은 상태에서 제목, 목차,

저자 소개, 기획만 보고 사람들이 펀딩을 해줄지 알 수 없었죠. 하지만 밑져야 본전! 미리캔버스라는 디자인 툴로 책을 디자인하고, 상세페이지를 만들고, SNS에 열심히 홍보한 결과 후원자 총 65명, 모인 금액 1,822,500원으로 목표 금액 50만 원 대비 364%를 달성했습니다. 투고나 출판사의 제안을 받아 출간을 하는 것도 좋지만, 그게 어렵다면 혼자서도 책을 만들고 판매할 수 있습니다. 의지만 있다면 말이죠.

전문적인 글쓰기가 가능하다면,
기고

내 분야의 전문성을 쌓고 싶다면, GO!

작가로서 수익을 만드는 활동 중에는 '기고'가 있습니다. 잡지와 같은 매체에 원고를 써서 보내고, 원고비를 받는 일이죠. 제가 생각하는 기고의 장점은 다음과 같습니다.

첫째, 말을 할 필요가 없다는 것입니다. 저는 사람들 앞에서 강연이나 강의도 하지만, 여전히 말을 하는 것보다는 글을 쓰는 것이 더 편하고 자신 있습니다. 강연을 하고 집에 돌아오면 온몸에 기운이 다 빠져서 1시간짜리 강연을 해도 하루를 모두 쓴 것과 다름이 없습니다. 반면 기고는 조용한 방에서 혼자 집중해 글을 쓰면 되니 말을 해야 하는 부담감이 없습니다. 스피치에 자신이 없다면 강연보다는 기고의 기회를 찾아보는 것이 좋겠죠.

둘째, 한 번 인연을 맺어두면 계속 일감이 이어질 수 있다는 것입니다. 저는 중앙일보 '폴인'에서 2020년 3월부터 객원 에디터로 활동하여 2022년 9월까지 아티클을 총 11회 발행했습니다. 물론 계속 일감이 이어지려면 글의 질이 높아야 하고, 일정을 잘 지키는 등 신뢰를 쌓아야 합니다.

셋째, 작가 활동에 큰 자산이 됩니다. 제가 폴인과 협업한 일은 책을 읽고 해당 책에 대한 요약과 인사이트를 담아 아티클을 발행하는 것이었습니다. 보통 에디터님께서 제안해 주신 책을 읽기 때문에 생각지도 못한 분야의 책을 읽게 되기도 하지만, 새로운 주제에 대한 책도 접할 수 있다는 점에서 작가 활동에 많은 도움이 됩니다. 또한 단순히 책을 읽기만 하는 것이 아니라 요약하고, 인사이트를 찾아내고, 거기에 나의 의견을 종합하여 글을 쓰는 작업을 계속하면서 글쓰기 실력을 더욱 단련할 수 있습니다.

넷째, 온라인에 글이 노출되면 제2의 기회로 연결될 수 있습니다. 웹이나 앱을 통해 다양한 분야의 수많은 사람들이 제 글을 보게 되는데요. 제가 쓴 글과 비슷한 글이 필요한 사람이 저에게 원고를 요청할 수도 있고, 글의 주제와 관련하여 강의를 요청할 수도 있겠죠. 실제로 저에게 강의를 요청하신 분들께 "어떻게 저를 알고 연락하셨어요?"라고 여쭤보면 "○○에 쓰신 글 보고 연락 드렸어요."라고 하시는 경우가 많았습니다. 글이든 사진이든 혹은 그 무엇이든 온라인에 자신의 콘텐츠를 많이 노출할수록 더 많은 기회가 찾아올 수 있습니다.

다섯째, 자신의 전문성을 쌓고 발전시킬 수 있습니다. 저는 주로 '일'과 '글쓰기'에 관한 글을 써왔기 때문에 해당 주제에 대한 글을 써달라는 기고 요청을 받습니다. 10년 동안 다양한 IT 회사에 다닌 경험과 7년 동안 에세이 작가로 글을 써오면서 배우고 터득한 것들을 관련 매체에 기고

하고, 이러한 경력이 모여 저의 전문 분야를 증명하게 되었죠. 예를 들어 HR 분야에서 오래 일하신 분들이라면 채용 플랫폼 같은 곳과 협업할 수도 있고, 디지털 노마드라면 프리랜서들을 위한 콘텐츠 플랫폼 혹은 여행 플랫폼과 같은 곳을 위주로 콘텐츠 협업이 가능한지 찾아볼 수 있습니다. 꾸준한 기고를 통해 자기만의 전문성을 견고히 쌓아올릴 수 있을 것입니다.

마감 기한을 지킬 자신이 없다면, Stop!

반면 기고 활동을 하는 데 어려운 점도 있습니다. 첫째, 마감 기한에 대한 스트레스가 있을 수 있습니다. 저는 마감 기한을 놓친 적이 살면서 단 한 번도 없습니다. 정말 단 한 번도요. 마감 기한을 늦춰달라고 요청한 적도 없습니다. 한 번 약속한 마감 기한은 웬만한 큰 이유가 있지 않은 이상 반드시 지킵니다. 또한 마감 기한보다 최소한 하루

이틀이라도 빨리 전송합니다. 수정이 필요하거나 생각지 못한 오류가 있을 수 있으니까요.

저는 가급적 일을 빨리 끝내 두는 스타일이라 마감 기한으로 인해 크게 스트레스를 받지 않는 편인데도, 원고를 보내기로 한 날짜가 다가오면 긴장이 됩니다. 만약 여러분이 마감 기한에 닥쳐서 일을 끝내는 스타일이라면 마감 기한에 대한 스트레스가 클 수도 있습니다. 하지만 기고를 하시게 된다면 첫째도, 둘째도, 가장 중요한 것은 마감 기한을 잘 지키는 것이라는 점을 잊지 말아야 합니다.

둘째, 시간이 많이 걸립니다. 특히 서평을 쓰는 일이라면 책을 읽는 시간이 포함되는데, 폴인에서 처음 맡은 책이 700페이지 분량이었습니다. 거의 2주 내내 책을 읽었고, 서평을 쓰는 데도 그만큼의 시간이 걸렸습니다. 물론 강연을 할 때도 1시간짜리 강연을 준비하기 위해 몇 배에 달하는 시간을 써야 하지만 한 번 만든 강연 자료는 다음에 또 사용할 수 있으니 기고보다 시간 면에서는 효과적일수 있겠죠.

다행인 것은 서평을 쓰는 일도 여러 번 반복하다 보면 노하우가 생긴다는 것입니다. 회사에 오가는 시간을 이용해 책을 읽고, 책을 읽는 동시에 주요 내용을 요약해 두면 서평을 쓰는 데 걸리는 시간을 줄일 수 있습니다.

원고료는 어떻게 협의하고 정산할까?

공공기관에서 운영하는 웹진에 실을 글을 요청받기도 했습니다. 특히 브런치 글 〈10년 동안 책 670권을 읽으면 일어나는 일〉을 보시고 독서에 대한 글을 써달라는 요청이 가장 많았는데요. 이처럼 자신의 전문성이 드러난 글을 온라인에 공개해 두면 해당 분야의 글이 필요한 사람들이 작가를 쉽게 찾고 기고 요청을 할 수 있습니다.

기고 요청을 받은 다음에는 원고료 협의가 진행됩니다. 원고료는 각 기관의 규율에 따라 정해진 범위 내에서 협의가 가능합니다. 여러 차례 원고료 협의를 진행하면서 제가 느낀 점은 원고료를 더 올리고 싶다면 그에 맞는 근거를 명백하게 어필해야 한다는 것입니다. 이 과정은 연봉 협상과도 흡사한데요. 실제로 명백한 근거를 들어 제의받은 원고료나 강의료보다 30% 높은 금액을 받기도 했습니다. 하지만 명백한 근거 없이 무작정 원고료를 올려달라고 하면 소중한 기회를 놓칠 수도 있으니 주의하세요!

저는 회사에서 마케터로 일하는 동시에 작가로도 활동한 경험을 바탕으로 '퍼블리'에 〈회사와 나, 모두 윈윈하는 마케터의 셀프 브랜딩〉이라는 아티클을 발행했습니다. 이 아티클은 이 글을 쓰고 있는 2024년 10월 기준 퍼블리 '회사 밖 홀로서기/재테크' 분야 만족도 5위를 기록하고 있습니다. 퍼블리 웹사이트 하단에 보시면 저자로 지원할 수 있는 창구가 마련되어 있는데요. 만들고자 하는 아티클의 제목과 부제목, 주제, 내용 요약, 저자의 경력과 경험 등을 제출하면 지원이 완료됩니다.

퍼블리 기고의 특징은 원고료를 1회 받는 것이 아니라 구독자가 퍼블리에서 내 콘텐츠를 읽은 횟수만큼 매달 정산 받게 된다는 점입니다. 퍼블리가 구독 서비스인만큼 저자가 받게 되는 수익 또한 구독에 따라 달라진다는 점이 새로웠는데요. 퍼블리에서 제 아티클을 읽는 구독자가 많을수록 더 많은 금액을 정산 받을 수 있는 시스템이기 때문에 직접 많은 홍보를 할수록 더 많은 수익을 창출할 수 있습니다.

정기적인 수익을 얻고 싶다면, 유료 콘텐츠 채널 운영

2021년 12월부터 약 1년간 네이버 프리미엄콘텐츠 채널을 운영했습니다. 프리미엄콘텐츠란 콘텐츠를 유료로 판매할 수 있는 플랫폼으로 생산에서 발행, 판매, 통계, 정산 등 콘텐츠 판매에 필요한 기능을 제공하는 곳입니다. 따라서 저와 같은 작가들이 작품에 대한 정당한 대가를 받고, 안정적이고 지속적으로 콘텐츠를 생산할 수 있게 됩니다. 유료 콘텐츠 채널을 운영할 때는 무엇을 고려해야 할까요?

발행 횟수, 요일, 금액 등을
신중하게 결정하고 반드시 지키기

　네이버 프리미엄콘텐츠에서는 글을 발행하는 횟수, 요일, 금액 등을 작가가 스스로 결정합니다. 이전까지는 요일이나 횟수를 정하지 않고 시간이 될 때마다 글을 쓰고 발행했는데, 구독자와 약속한 날짜를 반드시 지켜야 하니 함부로 횟수와 요일을 정할 수가 없겠더라고요.

　또한 무료로 글을 발행할 때도 단 한 번도 제 글의 가치가 무료라고 생각해 본 적은 없었지만, 실제로 누군가의 지갑에서 나온 돈만큼의 글을 써내야 한다고 생각하니 책임감이 무거워질 수밖에 없었죠. 저는 주 1회, 화요일에 글을 발행하고 월 2,900원의 구독료를 받으며 채널을 운영했습니다. 더 많은 글을 발행할 자신이 있다면 더 자주 글을 올리고 금액을 높여 볼 수도 있습니다.

최소 1년 정도 꾸준히 운영해 보기

저와 비슷한 시기에 채널을 개설한 작가분들 중 일부는 몇 달 운영하다가 문을 닫았습니다. 여러 가지 이유가 있겠지만, 아무래도 가장 큰 이유는 구독자가 늘지 않는 점 때문이었을 것입니다. 처음부터 많은 구독자를 기대하고 글을 쓰면 쉽게 지칠 수 있습니다. 대신, 일주일에 몇 회 글을 발행해야 자신에게 잘 맞는지, 금액은 얼마로 설정해야 작가와 구독자 모두 만족할 수 있는지 등을 차근차근 맞춰 나간다고 생각하며 채널을 운영해야 합니다. 저 역시 약 1년 동안 운영해 보고 나서야 구독자가 반응하는 주제와 콘셉트에 대한 힌트를 얻을 수 있었습니다. 브런치에서 오래 글을 썼다고 하더라도, 새로운 플랫폼에서 글을 쓰면 또 그 플랫폼에 맞는 방향을 찾아야 하기 때문입니다.

방향을 찾는 데 걸리는 시간은 개인마다 다르겠지만 저는 최소 1년 정도라고 생각합니다. 저 역시 네이버 프리미엄콘텐츠 채널은 1년을 조금 넘기고 휴재를 하게 되었지만, 처음으로 유료 채널을 운영하면서 제 콘텐츠의 가치에 대해 많은 생각을 해본 계기가 되었습니다. 타인이 설정한 가격이 아닌, 자신의 콘텐츠에 직접 가격을 설정하고 그 금액을 받아보는 경험은 창작자로서 매우 큰 도움이 됩니다. 실제로 이 경험은 현재 이메일 레터 일글레를 운영하는 데 있어서 많은 도움이 되고 있는데요. 이메일 레터에 대한 이야기는 뒤에서 자세히 다뤄보도록 하겠습니다.

플랫폼에서 제공하는 대시보드, 쿠폰 등 다양한 기능 활용하기

네이버 프리미엄콘텐츠 채널의 장점은 세부적인 데이터를 제공한다는 것입니다. 유료 구독 서비스인 만큼 구독자가 얼마나 지속적으로 내 콘텐츠를 구매했는지와 같은 구매 현황 데이터를 제공할 뿐만 아니라 구독자들의 마지막 콘텐츠 확인일도 알 수 있습니다. 이러한 데이터를 참고하여 더 많은 구독자를 확보하거나 구매를 지속시키기 위한 전략을 세워볼 수 있습니다.

채널을 활성화시키기 위한 다양한 이벤트를 펼칠 수도 있습니다. 저의 경우 2022년 4월, 《나답게 쓰는 날들》 출간 이벤트로 네이버 프리미엄콘텐츠 채널 1개월 무료 구독권 쿠폰을 제공했습니다. 이처럼 자신의 다른 창작품을 홍보할 수 있는 창구로 이용할 수도 있으니 그야말로 일석이조입니다.

네이버 프리미엄콘텐츠 채널을 운영하고 싶다면 누구나 창작자로 지원할 수 있습니다. 경제/비즈니스, 재테크, 부동산, 책/작가/출판사, 취미/실용, 교육/학습, 자기개발/취업 등 다양한 분야의 주제로 채널을 운영할 수 있으니 본인의 주제와 적합한 카테고리가 있는지 확인해 보시길 바랍니다.

온전한 나의 채널을 갖고 싶다면,
뉴스레터 운영

일하고 글 쓰는 사람들을 위한 레터,

일글레의 시작

2023년 9월 10일, '일하고 글 쓰는 사람들을 위한 레터'의 줄임말인 일글레라는 이름으로 첫 번째 이메일 레터를 발송했습니다. 문득 이메일 레터 같은 걸 해보면 어떨까 싶어 부랴부랴 이름을 짓고, 로고를 만들고, 뉴스레터 서비스 '스티비'를 세팅했습니다.

1년 넘게 단 한 번도 빠짐없이 주 1회 일글레를 발송했지만, 구독자는 생각했던 것만큼 빠르고 가파르게 늘지 않았습니다. 네이버나 카카오 같은 대기업의 플랫폼을 등에 업고 글을 쓸 때는 홍보 활동을 별도로 하지 않아도 각 플랫폼에서 자연적으로 노출되어 구독자가 늘었지만, 이메일은 폐쇄된 채널이기 때문에 구독자 한 명을 확보하는 것도 쉽지 않았죠.

　그런데 약 7년간 제가 플랫폼을 활용해오면서 깨달은, 플랫폼 안에서는 절대로 벗어나지 못할 한 가지가 있었습니다. 플랫폼에서 글을 쓰면 매체에 노출이 되느냐 안 되느냐에 따라 조회수가 크게 차이 난다는 것이죠. 당연히 매체 노출 여부는 그 플랫폼에 달려 있고요. 제 글은 매체에 여러 차례 노출되었기 때문에 어떻게 글을 써야 플랫폼에서 픽pick 해주실지 어느 정도 감을 잡을 수 있었습니다. 어떻게 글을 써야 독자들이 좋아하고 잘 팔릴지에 대한 감은 작가에게 매우 중요한 능력이죠.

　하지만 그것은 제가 원하든 원치 않든 플랫폼의 눈치를

봐야 한다는 뜻이기도 합니다. 따라서 저는 앞으로 제가 쓰는 글의 주제에 집중해 글을 쓰는 것을 우선으로 두고자 온전한 저의 채널인 이메일 레터를 이용하기로 결심했습니다. 이건 마치, 회사라는 안전한 틀을 벗어나 1인 사업가로 변신하는 느낌이었죠.

이메일 레터 운영을 위한 준비물

MZ세대를 위한 뉴스레터 '뉴닉', 경제 뉴스레터 '어피티', 주말에 즐기기 좋은 여가 소식을 전하는 '주말토리(구 주말랭이)' 등 요즘 뉴스레터의 성공 사례들이 많이 나오고 있습니다. 즉, 이메일이라는 채널을 여전히 많은 사람들이 사용하고 있고, 마케팅적으로도 굉장히 유용하다고 볼 수 있는데요. 처음 이메일 레터를 시작할 때 어떤 것들을 준비해야 할까요?

1. 뾰족한 페르소나 설정과 니즈 파악

주요 뉴스를 요약해서 보내주는 뉴스레터는 세상에 많지만 뉴닉처럼 MZ세대를 위해 쉽게 쓰인 뉴스레터는 없었습니다. 우리는 MZ세대가 뉴스에 관심이 없다고 생각해왔지만 사실은 윗세대가 자주 사용하는 단어, 어려운 전문 용어로만 채워진 뉴스를 읽기가 어려웠던 것이죠. 따라서 뉴닉은 MZ세대의 이러한 불편함을 해소했고, 그 결과 2024년 4월 기준 구독자 70만 명을 넘어섰습니다.

제가 운영하고 있는 일글레의 구독자 페르소나는 글쓰기를 잘 하고 싶은 직장인입니다. 회사에 다니는 동시에 글쓰기 활동을 겸하고, 이를 통해 커리어 성장까지 얻고자 하는 분들께 도움이 되는 에세이 레터를 보내드리고 있습니다. 일글레는 아직 성공했다고 보긴 어렵지만 계속해서 페르소나를 더 뾰족하게 다듬고 점검해 나가고 있습니다.

2. 개성있는 브랜딩

하나의 뉴스레터를 만드는 것은 하나의 가게를 차리는 것과 비슷합니다. 가게 이름, 간판, 인테리어, 판매 상품, 결제 시스템 등이 필요하죠. 우선 사람들의 기억에 쉽게 각인되는 가게 이름, 즉 뉴스레터의 이름이 필요합니다. 저는 '일하고 글 쓰는 사람들을 위한 레터'라는 이름이 너무 길어서 앞글자를 따 일글레라고 줄여보았는데요. '읽을래'처럼 읽히기도 해서 재미있는 이름이라는 생각이 들었습니다.

그 다음은 간판의 역할을 하는 로고가 필요한데요. 사실 처음에는 로고의 중요성을 크게 못 느껴서 제가 대충 끄적거려 만들어 사용했어요. 그런데 영 기억에 남지도 않고 일글레의 의미가 느껴지지 않더라고요. 결국 디자이너 친구에게 부탁해 멋진 로고가 완성되었고, 레터를 오픈하면 가장 먼저 보이도록 배치해 일글레가 구독자분들께 오래도록 기억에 남을 수 있도록 했습니다.

3. 운영 시스템

처음에는 굳이 유료 뉴스레터 서비스를 이용할 필요가 있을까 싶어 네이버나 구글 계정으로 이메일을 보내려고 했습니다. 실제로 이러한 방법으로 운영되는 뉴스레터도 있기는 하지만 개인적으로 전문적인 느낌은 들지 않았습니다. 대표적인 뉴스레터 발송 서비스인 스티비는 뉴스레터를 기획하고, 디자인하고, 내용을 담고, 발송하는 데 최적화되어 있습니다. 돈을 지불하는 것이 부담된다면, 한정된 구독자 수 내에서 월 2회 무료 발송이 가능하니 이러한 방식으로 운영하는 방법도 있습니다.

또한 뉴스레터 운영을 통해 수익을 실현시키고 싶다면, 뉴스레터 자체를 유료로 운영하는 방법도 있습니다. 이 또한 스티비 내에 관련 기능이 있으니 활용해도 됩니다. 저의 경우 아직까지는 뉴스레터를 무료로 운영하고 있는데요. 다만, 크리에이터를 위한 수익화 기능을 제공하는 '리틀리'라는 서비스를 이메일 맨 아래 삽입해 후원을 받고 있습니다. 후원의 형태로 많은 돈을 벌기는 어렵지만, 후원

이야말로 내가 진짜 가치 있는 콘텐츠를 만들고 있다는 증거가 아닐까 생각해 봅니다.

4. 365일 문을 닫지 않는 자영업자의 마음

자영업을 하시는 분들이 365일 단 하루도 빠짐없이 가게 문을 연다는 이야기를 들을 때마다 사실 이해가 잘 되지 않았어요. 하루 이틀 정도 휴가를 내는 것쯤은 괜찮지 않을까 싶었거든요. 그런데 그분들의 마음을 일글레를 운영하면서 아주 조금은 알게 된 것 같아요. 휴가를 떠난 곳에서도, 코로나에 걸려 아무리 아파도 이메일 레터를 쓰고 있는 제 모습을 발견하게 되었거든요.

일글레를 운영하는 저의 60%는 사업가였고, 40%는 작가였던 것 같습니다. 브런치에서는 제 이름을 걸고 좋은 글을 쓰기만 하면 됐다면, 일글레를 운영하고부터는 어떻게 브랜딩할지, 어떻게 더 많은 구독자를 모을지, 일글레를 바탕으로 또 어떤 일들을 펼쳐 나갈지 다양한 각도의 고민들이 필요했어요. 그만큼 더 큰 책임감을 느꼈겠죠.

직접 해보고 나니 왜 그렇게 다들 사업을 만만하게 보지 말라는지 알게 됐어요. 동시에 그럼에도 불구하고 왜 그렇게 다들 사업에 뛰어드는지도 알게 됐습니다. 작은 구멍가게라도 자기만의 사업장을 갖는다는 건 그 어떤 대기업에 입사하는 것과 비교할 수 없는 또 다른 행복이라는 걸, 일글레를 운영하면서 깨달았죠.

지난 1년 동안 일글레를 구독했다가 수신거부한 분은 딱 한 명이었습니다. 구독 취소가 꽤 활발하게(?) 일어나는 브런치에 비하면 매우 적은 숫자이지만, 어느 날 갑자기 눈에 띈 '수신거부'를 보고 마음이 조금 아팠어요. 솔직히 저도 눈에 띄는 무료 뉴스레터는 일단 구독했다가 어느 날 마음에 들지 않으면 바로 구독 취소 버튼을 누르기 때문에 구독 취소에 크게 연연할 필요가 없다는 걸 잘 알고 있어요. 하지만 사업가의 마음으로 보면 이게 그리 작은 일처럼 느껴지지 않았습니다. 10년 동안 함께한 한 명의 단골손님을 잃는 건, 단 하루 프로모션을 통해 찾아온 100명

혹은 그 이상의 신규 손님을 잃는 것보다 더 큰 타격이 될 수 있다고 믿기 때문입니다.

스피치에 자신 있다면,
글쓰기 강연

2020년부터 평생학습관, 청소년수련관, 대한민국청소
년박람회, IT 기업 등 다양한 곳에서 글쓰기 강의를 진행
해 왔습니다. 당시는 막 코로나가 시작된 때라 강연이 온
라인으로 진행된 경우가 많았고, 코로나 안정기에 접어들
면서 다시 오프라인 강의가 활성화되었습니다. 강연에 대
한 수익은 작가 경력, 강연 시간, 횟수 등에 따라 차이가
크지만 개인적으로 들인 시간 대비 가장 큰 수익을 얻는
활동이었습니다.

강연 섭외 받는 방법

제가 지금까지 강연 섭외를 받은 방법은 여러 가지가 있습니다. 브런치 '제안하기'를 통해 제안해 주신 분도 계시고, 블로그에 올린 강연 후기를 보고 이메일로 직접 제안을 보내주신 경우도 있습니다. 또한 우연히 제 책을 도서관에서 발견해 인상 깊게 읽으셨다며 출판사를 통해 제안을 보내주신 분도 있고, 전 직장에서 일로 만난 분이 회사의 대표님이 되셔서 회사 직원들을 대상으로 글쓰기 강연을 요청하신 경우도 있습니다.

강연 섭외는 언제 어느 루트로 들어올지 모르니 항상 다양한 연락 창구를 열어두고 내가 강연이 가능한 사람임을 어필해야 합니다. 회사에서 일로 만난 분이 제가 글을 쓰는 작가라는 사실을 몰랐다면, 강연까지 할 수 있는 작가라는 사실을 몰랐다면, 저를 강연자로 초청할 수 있었을까요? 오래도록 SNS를 통해 소식을 주고받았기 때문에 가능한 일이었습니다.

아무리 기다려도 강연 섭외가 들어오지 않는다면 직접 강연을 개최하는 방법도 있습니다. '탈잉'과 같은 교육 플랫폼에서 직접 기획하고 사람들을 모집하여 강연을 개최하는 것입니다. 저의 경우 탈잉을 통해 단 한 명을 위한 강의를 진행한 적도 있는데요. 이러한 작은 경험이 없었다면 이후 약 100명에 가까운 청중들 앞에서 강연을 하기는 어려웠을 것이라고 생각합니다. 작더라도 다양한 경험을 쌓고 그것을 후기로 남겨 인터넷 검색에 노출될 수 있도록 하세요. 강연의 기회는 언제 어떤 루트로 찾아올지 모르니까요.

강연 전 최소 10번 시뮬레이션 하기

강연의 좋은 점은 한 번 강연 자료를 만들어두면 재사용이 가능하다는 것입니다. 제가 강연을 시작한 지 얼마 안되었을 무렵에는 강연 제안을 받을 때마다 PPT 첫 장부터 마지막 장까지 다시 만들고는 했습니다. 시간이 많이 걸릴 수밖에 없었죠. 그런데 경험이 쌓일수록 가진 자료가 많아지면서 강연 대상이나 섭외하시는 쪽에서 원하는 주제로 약간씩만 변형하면 강연 자료가 뚝딱 완성되었습니다.

　하지만 강연 자료를 재사용하더라도 모든 강연을 시작하기 전에는 항상 최소 10번의 시뮬레이션을 했습니다. 저에게 주어진 강연 시간에 따라 시간 배분이 달라지기도 하고, 예기치 못한 돌발 질문을 받을 수도 있기 때문입니다. 한 예로, 청소년수련관에서 청소년 대상으로 강연을 했을 당시, 저는 생각지도 못한 질문 폭격(?)을 받고 무척이나 당황한 적이 있습니다. 성인을 대상으로 강연을 할 때와는 완전히 다른 질문들이 쏟아졌기 때문입니다. 그 이후 대한민국청소년박람회에서 또다시 청소년들을 대상으로 강연을 할 기회가 생겼는데 이때는 보다 더 많은 예상 질문을 뽑아서 만반의 준비를 한 덕분에 처음보다 훨씬 더 완성도 높은 강연을 진행할 수 있었습니다.

스피치가 두려워도 도전해 보기

사실 저는 사람들 앞에서 말하는 것을 꽤 두려워하는 편입니다. 앞에서 말씀드린 것처럼 강연 섭외를 받으면 최소 10번은 시뮬레이션을 돌려보고 무대에 서지만, 연습한 것이 무색할 만큼 엄청나게 긴장하고 실수를 하기도 합니다. 하지만 강연을 하면 할수록 말하는 것이 점점 편해지고 자신감이 생겼습니다. 강연은 실전입니다. 실전만큼 확실한 실력 향상 방법도 없습니다.

이연 작가의 《매일을 헤엄치는 법》이라는 책에 이런 내용이 있습니다. 이연 작가가 유튜버로 급부상할 당시 스타벅스코리아 디자이너 포지션 제안을 받았는데, 둘 다 놓치고 싶지 않아 지인에게 고민 상담을 하자 그 지인이 말합니다. 단 일주일을 다니고 나오더라도 스타벅스코리아에 들어가라고요. 거기에서 일했다는 것만으로도 너의 프로필이 달라질 거라고요.

저에겐 강연 경험이 그랬습니다. 단 하루, 단 1시간 강의를 하고 왔을 뿐인데, 저의 프로필은 어제보다 더 멋지고 화려해졌습니다. 이후에는 또 다른 강연의 기회가 이전보다 더 빠르게 찾아왔습니다. 많은 사람들 앞에서 말하는 게 처음부터 수월한 사람은 없습니다. 말하기가 조금 서툴러도 강연 기회가 왔다면 꼭 도전해 보시기를 바랍니다.

다양한 사람들과 이야기 나누고 싶다면, 글쓰기 모임

2020년 1월, 소셜 살롱 '문토'에서 처음으로 글쓰기 모임의 리더로 활동하기 시작했습니다. 현재 문토는 앱을 기반으로 온라인 소셜 모임을 진행하고 있지만 당시만 해도 합정역 근처에 공간을 두고 오프라인 모임을 진행했습니다.

저는 직접 문토 측에 리더 지원을 했고, 감사하게도 저에게 기회를 주셔서 '글까짓거'라는 이름으로 글쓰기 모임을 3기까지 진행하게 됐습니다. 모임 리더에게 배분되는 수익이 크지는 않았지만, 수익보다는 경험에 초점을 맞추어 진행했습니다. 이 경험을 기반으로 서울산업진흥원과 '함께 읽는 글쓰기' 모임도 진행할 수 있었습니다. 지금은 작은 기회로 보일지 몰라도 그 작은 기회가 모여 이후에 꼬리에 꼬리를 물고 기회가 찾아옵니다. 작은 기회를 놓치지 말아야 하는 이유입니다.

글쓰기 모임 리더가 해야 할 일

1. 모든 사람들에게 평등한 발언권을 부여하기

'글까짓거'는 격주 토요일마다 오후 2시부터 5시까지 3시간 동안 진행되었습니다. 이 3시간을 어떻게 구성할지는 온전히 모임 리더가 기획하게 되는데요. 저는 매시간마다 글쓰기 주제를 정해 다음과 같이 모임을 구성했습니다.

글까짓거 글쓰기 모임 시간표 예시

14:00~14:30	글쓰기 팁 강의
14:30~15:15	주어진 주제로 글쓰기
15:15~15:40	쉬는 시간 및 다른 사람들이 쓴 글 읽기
15:40~16:30	각자 쓴 글 읽고 피드백하기
16:30~17:00	Q&A 및 다음 글쓰기 주제 안내

모임에 참여한 인원은 보통 6~10명 정도였기 때문에 한 사람씩 돌아가면서 한 마디씩만 해도 3시간이 훌쩍 흘렀습니다. 따라서 리더는 모두가 평등하게 발언할 수 있도록 조율해야 합니다. 사실 여러 사람이 모이면 유독 말씀을 많이 하는 분이 있고, 유독 말씀이 없는 분도 있습니다. 따라서 리더는 전체적인 분위기를 파악하고, 적절하게 시간을 분배하여 말씀이 없는 분께는 먼저 질문을 드리는 방법으로 발언을 유도해야 합니다. 그래야 모임의 분위기가 회를 거듭할수록 훨씬 활기차고 다양한 의견이 오갈 수 있습니다.

2. 개별적으로 피드백하기

글쓰기 모임 리더의 가장 중요한 역할은 참석자들이 쓴 글에 대한 피드백을 드리는 것입니다. 참석자들이 모두 피드백을 주고받지만 리더의 피드백은 절대 빠져서는 안 됩니다. 글에서 가장 좋은 부분은 어떤 부분인지, 다소 아쉬운 점은 어떤 부분인지, 어떻게 고치면 더 나은 글이 될 수 있는지 피드백을 드려야 합니다.

저는 구글 독스를 활용해 각자의 글을 실시간으로 공유하도록 했는데요. 모임 당일에 피드백을 모두 드리기가 어렵기 때문에 다음 모임이 있기 전까지 구글 독스에 피드백을 남겨드렸습니다. 혹은 추가적으로 일대일 문의를 해오시는 분께는 최대한 제가 도움을 드릴 수 있는 선에서 전화로 추가 컨설팅을 해드리기도 했습니다.

3. 커뮤니티 조성하기

글쓰기 모임에 참여하는 분들의 목적은 글쓰기 실력을

높이고 싶은 것도 있지만, 네트워크를 쌓고 싶어서 참여하는 경우도 많습니다. 혼자 조용히 글을 쓰고 싶었다면 모임에 참여할 필요도 없었겠지요. 물론 저 역시 다른 사람들과 함께 글을 쓰고 이야기를 나누고 싶어서 글쓰기 모임의 리더로 활동한 것이었고요.

글쓰기 모임이 끝나면 뒤풀이 자리를 마련해 참여하는 분들끼리 편하게 소통하는 자리가 될 수 있도록 했습니다. 일정상 매번 뒤풀이를 하는 것은 어려웠지만, 꼭 뒤풀이 모임을 가지려고 했고 제가 참석하지 못하더라도 원하시는 분들끼리 뒤풀이 모임을 하실 수 있도록 했습니다. 글쓰기 모임 자리에서는 다소 어색해하시는 분들도, 뒤풀이 모임에선 보다 편하게 대화를 주고받는 모습을 볼 수 있었습니다.

글쓰기 모임이 종료된 이후에도 몇몇 분들과는 SNS를 통해 소식을 주고받으며 인연을 이어가거나 종종 오프라인에서 만나 뵙기도 합니다. '글쓰기'라는 공통된 관심사가 있다 보니 더 빠르게 친해지기도 하고 오래도록 편안하게 만날 수 있는 것 같습니다. 여러분들도 꼭 글쓰기 모임을 통해 글쓰기 실력도 키우고 소중한 인연을 맺어 보시기를 바랍니다.

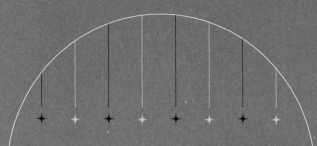

7장

초보 작가를 위한 Q&A

첫 번째 질문
: 기회가 오지 않을 때는 어떻게 하나요?

출간, 강연, 기고 등의 기회는 스스로 찾는 방법도 있지만 제안을 받는 방법도 있습니다. 언뜻 보면 스스로 기회를 찾는 것은 적극적이고, 제안을 받는 것은 수동적으로 보일 수도 있지만, 제안을 받기 위해서도 적극적으로 움직여야 합니다. 기회가 찾아오게 하려면 어떻게 해야 할까요?

첫째, 여러분에게 연락할 수 있는 창구를 최대한 많이 열어 두세요. 저는 보통 브런치 '제안하기' 기능을 통해 제안을 받아왔습니다. 브런치에 활발하게 글을 써왔으니 제 글을 보시고 출간, 강연, 기고 등의 협업 제안을 하신 거죠. 브런치를 시작한 이후 40건의 제안을 받았고 이 중에 실제로 업무 협업으로 이어진 건은 10건 정도 됩니다. 그러니까 총 제안 메일 중 25%가 실제 성과로 이루어진 셈이죠.

저는 제안을 주신 분들께 어떤 루트로 저를 찾으셨는지를 질문하는데요. 중앙일보 '폴인'에 쓴 글을 보고 저를 직접 찾아와 기고 요청을 하신 분도 계시고, '탈잉'에 올린 글쓰기 강의 모집 글을 보고 연락을 주신 분도 계셨습니다. 사실 '탈잉'에 올린 강의는 개인 사정으로 이틀 만에 내렸는데, 그 사이에 글을 보시고 연락을 주신 겁니다.

가장 기억에 남는 요청은 울산 장생포 아트스테이에서 온 강연 요청이었습니다. 강연을 마친 뒤 담당자님께 저를 어떻게 찾으셨는지 여쭤보니, 도서관에서 우연히 제 책을 읽고 저를 섭외해야겠다고 결심해 출판사에 연락을 하셨다고 합니다. 이처럼 기회는 언제 어디에서 찾아올지 모릅니다. 누구나 언제든지 저를 쉽게 찾을 수 있도록 여기저기에 문을 열어두세요.

둘째, 프로필과 경력을 최신으로 업데이트해 두세요. 제안을 주신 분들은 먼저 제 프로필이나 경력 사항을 살펴본 뒤 연락을 주십니다. 제 프로필은 브런치나 블로그에 상세하게 정리되어 있으니까요. 입장을 바꿔서 우리가 작가를 섭외해야 하는 행사 담당자라고 가정해 봅시다. 진행하려고 하는 행사의 취지와 콘셉트에 맞는 작가를 섭외하려면 그에 맞는 프로필을 가진 작가를 찾을 겁니다. 프로필이 모호하거나 공백이 많은 작가보다는, 최근에 한 작업까지 꼼꼼하게 정리되어 있는 작가를 섭외할 가능성이 높지 않을까요?

또한 작가로서 진행한 활동은 작고 소소한 활동이라도 반드시 기록해 두세요. 저는 강연을 하거나 기고를 하면 모두 브런치나 블로그에 기록해 둡니다. 그러면 여러 곳에서 해당 내용과 비슷한 강연을 요청하시거나 그 내용을 참고하여 제안을 주시곤 합니다. 예를 들어 제가 청소년수련관에서 강연을 한 경험을 블로그에 기록해 두었는데요. 그 내용을 본 여러 청소년 관련 단체에서 제가 청소년 대상의 강연이 가능하다고 판단하시고 글쓰기 강연을 요청하셨습니다.

활동 내용을 기록할 때는 사진이나 이미지 자료를 활용하여 현장 분위기를 잘 느낄 수 있도록 작성하면 더욱 좋습니다. 어떠한 활동을 하시든 사진과 이미지 자료를 많이 남겨 두세요. 행사 담당자님께 사진 촬영을 부탁드리는 방법도 좋습니다.

두 번째 질문
: 셀프 브랜딩은 어떻게 하나요?

TBWA KOREA, 이노션, 토스 등 국내 유명 회사에서 광고 기획자, 브랜드 마케터로 일한 '브랜드보이' 안성은 씨는 직장 생활을 하면서 책을 출간할 기회가 생겼습니다. 그런데 계약을 코앞에 두고 출판사 대표로부터 책을 출간하지 않겠다는 연락을 받게 됩니다.

"성은 씨는 SNS 열심히 하세요?"

그가 SNS 활동을 하지 않는 것이 출판사에서 출간을 거절한 직접적 이유로 보기는 어렵겠지만, 안성은 씨는 출판사 대표가 자신에게 SNS에 관해 질문했던 것이 계속 마음에 걸렸습니다.

당시만 해도 SNS 활동을 열심히 하지 않던 그는 생각했습니다. '만약 내가 SNS 활동을 열심히 했다면 책을 출간해주지 않았을까' 하고요. 그날부로 그는 브랜드보이라는 필명을 만들고 본격적으로 팔리는 브랜드에 대한 뉴스를 SNS에 공유하기 시작했습니다. 그러자 5년간 10만 명의 구독자가 모였습니다. 출간 제의는 물론 강연과 인터뷰 요청이 쇄도했습니다.

저는 브랜드보이의 사례에서 두 가지에 주목합니다. 첫 번째, SNS 활동입니다. 저는 브런치, 이메일 레터, 네이버 프리미엄콘텐츠 채널, 블로그, 인스타그램, 스레드를 통해 사람들과 소통을 해왔습니다. 저의 작가 활동과 관련하여 새로운 소식이 있으면 이 채널들을 통해 모두 공유하고 있습니다. 또한 네이버 인물 검색에 등록하여 누구나 쉽게 제 프로필을 확인할 수 있게 했습니다.

사실 5년 전만 해도 개인적인 소식을 SNS에 올리는 것이 괜히 자랑하는 것 같기도 하고 부끄러워서 활발하게 SNS 활동을 하지는 않았는데요. 자기 자신이 미디어가 되지 않으면 아무리 좋은 콘텐츠를 생산해도 사람들에게 팔리기가 어렵다는 것을 깨달았습니다. 첫술에 배부를 순 없겠지만 셀프 브랜딩을 하고 싶다면 꾸준한 SNS 활동을 통해 영향력을 키워나가야 합니다.

두 번째, 꾸준함입니다. 저도 브랜드보이 채널을 꽤 오래전부터 구독해왔기 때문에 그가 얼마나 꾸준하게 양질의 콘텐츠를 공유해왔는지 알고 있습니다. 그 역시 브랜드보이 채널을 개설했을 때는 직장 생활을 병행했기 때문에 채널을 운영하기가 빠듯했을 겁니다. 그럼에도 틈틈이 브랜드 관련 콘텐츠를 쌓아옴으로써 브랜드 마케터들 사이에서 차근차근 영향력을 높여올 수 있었습니다.

사실 저는 SNS 활동도 중요하지만 그보다 꾸준함이 더 중요하다고 생각합니다. 많은 사람들이 유명 작가가 되기 위해서는 인플루언서가 되어야 한다고 조언하지만, 인스타그래머나 유튜버로 반짝 성공을 맛보고 사라진 작가들이 저의 롤모델이 될 순 없었습니다. 저의 경우 꾸준히 글을 쓰고 독자들의 피드백이 쌓이다 보니 어느 정도 공통된 의견이 보이기 시작했는데요.

"수진 님 글은 감정이 넘치지 않고 담백해요."
"제목에 이끌려서 글을 끝까지 보게 됐어요."
"별거 아닌 일상이 에세이가 되는 게 신기해요."

담백한 글을 쓰는 사람, 제목을 유혹적으로 쓰는 사람, 세상 별거 아닌 일상의 소재로 에세이를 만들어내는 사람. 저는 이것이야말로 나의 키워드이자 내가 가장 잘하는 일이라는 것을 알게 되었습니다.

셀프 브랜딩을 하기 위해서는 SNS 활동에 앞서 차근차근 자기만의 콘텐츠를 쌓아야 합니다. 브랜드보이처럼 명확한 주제나 콘셉트가 있다면 좋겠지만 콘텐츠를 만들기도 전에 너무 셀프 브랜딩에만 초점을 맞추면 오히려 자신과 잘 맞지도 않는 콘셉트 틀에 갇히게 될지도 모릅니다.

아직 어떤 콘셉트를 잡아야 할지 잘 모르겠다면 셀프 브랜딩에 대한 부담을 내려놓고 자기만의 콘텐츠를 차근차근 쌓는 것부터 시작해 보세요. 그것이 셀프 브랜딩의 첫걸음이자 롱런의 비결입니다.

세 번째 질문
: 글을 도용 당하면 어떻게 하나요?

2021년 8월에 쓴 〈10년 동안 책 670권을 읽으면 일어나는 일〉이라는 글을 같은 해 11월에 한 출판사로부터 무단 도용을 당했습니다. 무단도용된 사실을 발견한 건 순전히 우연이었습니다. 인기가 많았던 글이라 여기저기로 공유되고 있었고, 저는 종종 검색창에 검색해 보며 어디로 글이 공유되고 있는지 추적했습니다. 그러다 누군가 블로그에 올린 한 잡지 속 제 글을 발견하게 되었는데, 해당 출판사에 글을 사용하도록 허락한 적이 없었던 것이죠.

안타깝지만 요즘과 같이 온라인을 통해 글을 쓰고 공유하는 시대에 무단 도용은 굉장히 쉬운 일입니다. 저도 이런 일을 겪기 전에는 한 번도 생각해 본 적 없는 문제였지만, 막상 당해 보니 너무 당황스럽고 화가 났습니다. 무단 도용 사건을 겪은 후 제 나름대로 정리해 본 대처법은 다음과 같습니다.

첫째, 글의 사용 허락을 구하는 연락을 받았다면 승낙이든 거절이든 명확한 의사를 밝혀 답장을 보내야 합니다. 이것은 제가 무단 도용을 당하고 나서 가장 후회한 부분이자 실수했다고 생각한 부분입니다. 사실 저는 해당 출판사로부터 사용 허락을 구하는 이메일을 받았는데요. 당시 회사 일로 정신이 없기도 했고, 어느 곳에도 그 글을 제공할 생각이 없었기 때문에 미루다가 답장하는 것을 깜빡했습니다. 그 출판사는 제게 사용 허락을 받았다고 착각하고 글을 잡지에 실었다는 말도 안 되는 주장을 했지만, 제가 곧바로 거절 의사를 밝혀 답장했다면 그런 말도 안 되는 주장을 입 밖으로 꺼내지도 못했겠지요.

꼭 이런 무단 도용 문제에 대처하기 위해서뿐만이 아니라 어떤 제안을 받았든 간에 답장을 보내는 것이 좋습니다. 간혹 거절하기가 민망하고 미안해서 답장을 하지 않는 경우도 있는데, 상대방이 더 빠르게 다른 대안을 찾을 수 있도록 명확하게 거절 의사를 밝히는 것이 비즈니스 매너이기도 합니다.

둘째, 글 하단에 '무단 캡처 및 불법 공유 시 법적 제재를 받을 수 있습니다'와 같은 경고 문구를 써야 합니다. 개집 앞에 '개조심'이라고 쓰여 있으면 나도 모르게 조심조심 걷게 되듯이 경고 문구를 보게 되면 불법 공유를 하려다도 한 번쯤 다시 생각해 보게 될 수 있습니다. 저작권법 위반의 경중에 따라 처벌의 강도는 달라지겠지만 실제로 타인의 글을 자신이 쓴 것처럼 하거나 출처를 명시하지 않고 이용할 경우 징역 또는 벌금에 처할 수 있습니다.

브런치는 타인의 글을 복사할 경우 '저작권 보호를 위하여 브런치 작가 본인만 글을 복사할 수 있습니다.'라는 경고 문구가 뜨면서 복사 기능을 제한합니다. 즉, 제 글을 무단 도용한 출판사는 하나하나 직접 타이핑해서 베꼈다는 뜻입니다. 무단 도용을 당할까 봐 불안하다면 예방 차원에서 경고 문구를 함께 표기하는 것을 추천해 드립니다.

셋째, 이 방법은 매우 조심스럽습니다만 무단 도용 당한 사실을 알리는 것입니다. 저작권법이라는 게 복잡하다 보니 사실을 알리는 것만으로도 또 다른 분쟁을 일으킬 수 있는데요. 저의 경우 도움을 청할 만한 기관에 연락해 봤지만 실질적인 도움을 얻지 못했고 제가 가진 채널을 총동원해서 도용 당한 사실을 알린 후 지인들과 구독자분들로부터 조언을 얻었습니다.

그러자 든든한 응원군이 생겼습니다. 사실 이미 엎질러진 물이고 신경 써야 할 다른 일들도 많아 싸우기를 포기하고 싶은 마음도 있었습니다. 그런데 뒤에서 저를 응원해 주는 사람이 있다는 것만으로도 싸울 용기와 힘이 생겼습니다. 사실 저는 소심해서 도용한 당사자와 통화를 하는 것만으로도 손발이 덜덜 떨렸습니다. 그러나 또 같은 일이 재발하지 않았으면 하는 마음으로 제가 할 수 있는 모든 방법을 동원해 대처했습니다. 응원해 주신 분들 덕분이었습니다.

얼마 후 무단 도용한 출판사로부터 사과를 받았습니다. 사과를 받았으니 저도 그쯤 해서 마무리를 지었지만 출판사의 초기 대응은 굉장히 불쾌했습니다. 보상금을 주겠다고 했지만 그의 10배를 줘도 받고 싶지 않았거든요. 다시는 겪고 싶지 않은 일입니다. 무단 도용 당한 사실을 알릴 때에는 법적으로 문제가 되지 않는 선에서 알리셔야 한다는 점을 주의하시길 바랍니다.

네 번째 질문
: 글이 안 써질 땐 어떻게 하나요?

"아무리 쥐어짜도 글이 안 써질 때 마지막으로 쓸 수 있는 방법은 무엇이 있을까요?"

한 강연 자리에서 받은 질문입니다. 질문만 들어봐도, 이분이 글을 쓰기 위해 얼마나 많은 노력을 기울여보았는 지가 느껴졌어요. 저는 이 분께 글쓰기의 최후 수단으로 책을 추천해 드렸는데요. 그 이유는 세 가지가 있습니다.

첫째, 책을 펼치면 99%의 확률로 좋은 글감을 찾을 수 있기 때문입니다. 제가 매주 이메일 레터를 보내기 위해선 무엇보다 글감이 필요한데요. 일상에서 발견한 특별한 사건들, 유튜브나 TV에서 인상 깊게 본 영상도 좋은 글감이 되지만 글감을 찾는 데 가장 효과적인 건 뭐니 뭐니 해도 책입니다.

책은 인문, 과학, 철학, 심리, 연애, 예술, 음식, 경제, 경영, 투자 등 세상의 모든 주제를 담고 있습니다. 끌리는 주제의 아무 책을 골라잡으면, 거기에 한 작가의 몇 년 혹은 일생이 담긴 이야기가 압축되어 있죠. 제가 1,000권이 넘는 책을 읽고 나서 깨달은 점은 나와는 아무 상관없어 보이는 주제의 책 속에도 단 하나쯤은 내 인생과 관련 있거나 도움되는 것이 반드시 있다는 것이었습니다. 오히려 매번 관심 있게 보던 주제가 아닌, 나와 아무 상관없다고 생각한 주제의 책 속에서 생각지 못한 새로운 글감을 발견할 가능성이 높습니다. 작가의 관찰력은 의지의 문제이기에, 의지만 있다면 반드시 책 속에서 글감을 찾아낼 수 있습니다. 99%의 확률로요.

둘째, 작가의 문체에 담긴 리듬을 타고 글쓰기를 시작할 수 있기 때문입니다. 도통 글쓰기의 진도가 나가지 않는데는 다양한 이유가 있겠지만, 아예 시작조차 하기 어렵다면 시동을 걸어주는 트리거trigger가 필요할 수 있습니다. 이를 테면, 아침에 침대에서 바로 일어나기 어려울 때 기상송 한 곡을 들으면 자리에서 일어날 힘이 생기는 것처럼 말이죠.

사람마다 각자 다른 모양의 지문이 있는 것처럼 작가마다 다른 문체를 가지고 있습니다. 한 번은 제 글이 한 매체에 노출되었는데, 우연히 제 글을 본 지인이 '어? 수진 님이 쓴 글 같은데?' 하고 읽다 보니 맨 하단에 제 이름이 쓰여 있었다고 하더라고요. 이처럼 누군가의 문체가 담긴 글을 읽다 보면 자연스럽게 그 리듬에 올라타게 되고, 글을 쓰고 싶은 동력이 생길 수 있습니다. 글이 잘 안 써질 땐 본인에게 잘 맞는 리듬을 가진 작가의 책을 읽는 것도 좋은 방법입니다.

셋째, 텍스트를 읽을 때 가장 깊이 있는 생각을 하게 되기 때문입니다. 저는 버스에서 창밖을 보며 생각에 빠지기도 하고, 음악을 들으며 생각에 빠지기도 하고, 지인들과 이야기를 하며 다양한 생각을 하기도 하는데요. 모두 단편적인 생각들이거나 금세 다른 생각으로 전환돼 버리곤 합니다. 하지만 책을 읽을 땐 조금 다릅니다. 눈과 머리로 텍스트를 읽어 내려가다 보면 완전히 다른 차원의 세상으로 빠져드는 기분이 들어요. 한 문장에 10분이 넘도록 갇혀 있기도 하고, 한 번도 생각해 본 적 없는 문제에 대해 마치 몇 년간 연구한 사람처럼 진지하게 고민하기도 하죠.

좋은 글은 깊이 있는 생각에서 출발합니다. 하지만 직장 생활을 하고, 가정을 돌보는 사람들에게 깊이 있는 생각을 할 여유가 많지는 않죠. 그럴 때 최후의 수단이 바로 책입니다. 하루에 단 30분만이라도 책을 펼쳐 보세요. 23시간 30분 동안 경험해 보지 못했던 완전히 다른 차원의 깊이 있는 생각에 빠지게 될 겁니다.

다섯 번째 질문
: 글쓰기 번아웃은 어떻게 극복하나요?

    꾸준함을 최고의 덕목이라 부르는 이유는 단 한 번이라도 그 연장선에서 내려오면 다시 올라가기가 어렵기 때문일 것입니다. 연장선에서 내려오지 않고 꾸준히 이어가는 체력과 정신력, 그리고 혹여 연장선에서 떨어져도 기어코 다시 기어올라가는 독기를 가진 사람을 우리는 꾸준한 사람이라고 부르죠.

    글쓰기에 있어서만큼은 저도 꽤 꾸준한 사람인 것 같습니다. 7년 넘게 최소 주 1회 글을 써왔고, 그 일을 억지로 해본 적이 별로 없으니까요. 그런 제게도 글쓰기 번아웃이란 게 찾아온 적이 있습니다. 마음만 먹으면 노트북을 펼쳐 글을 쓸 수도 있지만 썩 내키지 않았죠.

글쓰기를 아예 쉰 건 아닙니다. 돈이 되는 글은 썼으니 어쩌면 저의 꾸준함은 끊어지지 않고 계속 이어져 왔다고 볼 수 있습니다. 하지만 제 마음속에서는 늘 이렇게 외치는 것만 같았어요.

'언제 다시 글을 쓰기 시작할 거야?'

돈이 되지 않는 글을 쓰는 일, 내 마음속 이야기를 주절주절 써 내려가는 일, 저는 그 일을 더 이상 해나갈 수 없었습니다. 이유를 곰곰이 생각해 보면 두 권의 책을 낸 후, 알게 모르게 두 권의 책을 낸 작가다운 글을 써야 한다는 압박감을 느꼈던 것 같습니다.

여러 곳에서 저를 '작가님'이라고 불러 주실 때마다 작가님이라는 호칭을 들을 자격이 있는 글을 써야 한다는 이상한 부담감도 느꼈고요. 이렇게 글로 쓰고 보니 제 자신이 한심하고 귀엽지만, 제 성격에 욕심을 내려놓고 글을 쓰는 일은 여전히 어렵습니다.

또 다른 요인은, 그야말로 생산에 미쳐 있었던 탓입니다. 비생산적인 것을 못 참는 제 성격은 나날이 심해져 하루하루 일분일초 아껴서 살지 못하면 죄책감에 시달리는 병으로 이어졌습니다. 가치 있는(그 가치가 어떤 가치인지도 모른 채) 콘텐츠를 만들어야 한다는 압박감은 오히려 어떤 콘텐츠도 만들어내지 못하게 만들었습니다. 그나마 돈이라는 수치적 결과로 나오는 글은 성과로 판단이 가능하니 돈이 되는 글을 우선순위에 두었죠.

전문가들은 번아웃 해결책으로 충분한 쉼을 권합니다. 그래서 다시 글이 쓰고 싶어질 때까지 글쓰기를 충분히 쉬어 보기로 했죠. 번아웃을 겪는 동안 꾸준히 글을 써서 발행하라는 브런치 알람을 받을 때마다 솔직히 얄미워 보이기도 했습니다. 마치 번아웃으로 일상생활이 어려운 사람에게 '그래도 할 일은 해야지'라며 재촉하는 것 같았다고 할까요. 아픈 사람은 이토록 작은 부분에서 예민해지고 화가 납니다.

삶에서 꽤 큰 부분을 차지하던 글쓰기를 쏙 빼놓고 지내다 보니, 다행스럽게도 앞으로 어떻게 글을 쓰면 좋을지 나름의 길이 보이는 듯했습니다. 그 해답은 완벽하지 않아도(가치가 없다고 느껴져도) 글을 쓰는 것이었습니다. 글쓰기 번아웃을 겪는 동안 쓰는 시간이 줄어든 만큼 읽는 시간이 늘었는데, 특히 남의 블로그 일기를 훔쳐보는 일이 재미있었어요. 오늘 입은 옷이 마음에 들었다는 별것 아닌 한 두 줄의 문장이 때로는 몇 백 페이지짜리 완벽한 글보다 더 진하게 다가왔어요. 글의 가치에 대해 다시 한번 생각해 보게 되는 시간이었습니다.

"글을 쓰고 싶은데 어떻게 써야 할지 모르겠어요."라며 첫 시작을 두려워하시는 분들께 제가 드리는 조언은 "완벽하지 않더라도 일단 써보세요."입니다. 저조차도 행하지 못한 것을 조언해드리는 것이 부끄럽지만, 꾸준히 글을 쓰는 사람으로 살아갈 수 있도록 무거운 욕심과 부담감을 내려놓는 연습을 하려고 합니다.

⋯는 무슨, 이 글도 몇 번이나 쓰고 고치고 다시 읽고 문장을 옮기고 얼마나 난리를 쳤는지 모릅니다. 글쓰기 번아웃, 아웃!

언젠가 피어날
기회의 씨앗이 될 글쓰기

"현명한 사람은 기회를 찾지 않고 기회를 창조한다"

제가 매주 오르는 산에 걸려 있는 글귀입니다. 언제부터 이 글귀가 나무에 걸려 있었는지는 모르겠지만 취업을 준비하던 20대 때에도 이 글귀를 봤던 기억이 납니다. 매일 새로 올라온 채용공고를 샅샅이 살펴 이력서 100장을 넣어봐도 도통 면접을 보러 오라는 연락이 오지 않을 때, 마음속으로 글귀를 쓴 사람을 원망했어요.

1년이 넘는 취업 준비로 몸도 마음도 지쳤을 때쯤, 다행히 저는 취업에 성공했고 꽤 잦은 이직을 하며 바삐 살았는데요. 몇 년이 흐른 뒤 어느 날, 등산을 하다가 다시 마주친 글귀를 보며 문득 깨달았습니다. 얼굴 한 번 본 적 없는 사람에게 취업 조언을 구할 만큼 간절했던 그때, 최선을 다해 기회를 찾아 나선 덕분에 취업을 할 수 있었고, 거기서 멈추지 않고 계속해서 더 좋은 기회를 찾아 나선 덕분에 다양한 기회를 만날 수 있었다는 것을.

　기회의 씨앗을 뿌리고 있을 때는 이 씨앗이 좋은 결과로 이어질지 알 수 없습니다. 실패로 끝날까 봐, 괜히 시간만 낭비하는 건 아닐까 불안하고 막막하죠. 불안감을 다스리는 저만의 방법은 무조건 더 많은 씨앗을 뿌리는 것이었어요. 저는 남들보다 부족한 점이 많은 만큼 실패율이 높은 사람인데요. 그러니 남들보다 무조건 더 많은 씨앗을 뿌리는 수밖에 없었어요.

　누군가는 시도의 횟수를 늘리는 것보다 적중률을 높이는 데 더 집중해야 한다고 말할 수도 있습니다. 제 방법이 정답이라고 말할 순 없지만 운전, 토익 시험, 나한테 어울리는 옷 코디하기, 게임 레벨 높이기 등 어떤 분야든 초보자였던 제가 좀 더 빠르게 원하는 것을 얻는 방법은 오직 시도하는 횟수를 늘리는 것뿐이었어요.

이 책 역시 2022년에 혼자 만든 전자책을 계기로 출판사와 인연이 닿아 출간하게 되었는데요. 마침 올해 버킷리스트 중에 '세 번째 책 출간하기'가 있었는데, 몇 년 전에 뿌려놓은 씨앗이 기회로 찾아온 겁니다.

가끔 저는 왜 유학 한 번 가보지 못했을까 하는 아쉬움이 들 때가 있습니다. 유학을 못 간 이유는 간단해요. 단한 번도 유학의 기회를 찾아 나선 적이 없기 때문입니다. 기회를 찾아 나선 적도 없으면서, 얻지 못한 결과를 아쉬워하는 건 어리석은 행동입니다. 그만큼 저에게 간절하지도, 진심으로 원하는 기회가 아니었을 뿐인데 말이죠.

여러분은 간절히 원하는 것이 있으신가요? 브런치 작가, 출간 작가, 억대 연봉 작가, 회사에서 인정받는 인재…. 100개의 씨앗을 뿌려야 기회가 찾아올지, 1,000개의 씨앗을 뿌려야 기회가 찾아올지는 아무도 알 수 없습니다. 다만 확실한 건 더 많은 씨앗을 뿌려야 기회가 찾아올 가능성도 높아진다는 것입니다. 매일 밤 눈을 비비며 쓰고 있는 글이 당장은 어떤 기회로 찾아올지 알 수 없지만 그럼에도 간절히 원한다면 매일 쓰고 또 쓰며 더 좋은 글을 쓰기 위해 노력해야 합니다. 저는 이 책의 마지막 문장까지 함께 해주신 여러분에게 그 기회가 반드시 찾아오리라 믿습니다.

처음 쓰는 사람들을 위한
글쓰기 특강

초판 1쇄 발행 2025년 2월 17일

지은이 유수진
펴낸곳 ㈜에스제이더블유인터내셔널
펴낸이 양홍걸 이시원

홈페이지 siwonbooks.com
블로그 · 인스타 · 페이스북 siwonbooks
주소 서울시 영등포구 영신로 166 시원스쿨
구입 문의 02)2014-8151
고객센터 02)6409-0878

ISBN 979-11-6150-945-7 03800

시원북스는 ㈜에스제이더블유인터내셔널의 단행본 브랜드
입니다.

독자 여러분의 투고를 기다립니다.
책에 관한 아이디어나 투고를 보내주세요.
siwonbooks@siwonschool.com